U0133303

萧开愚作品集 4

后忧辞

华东师范大学出版社
·上海·

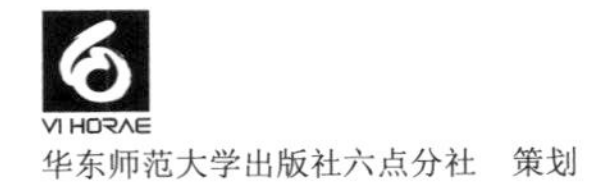
VI HORAE
华东师范大学出版社六点分社　策划

献给黄卉，这一卷诗歌是她订购的。

目录

一

脚趾掌透过布鞋底，抓扣
山道的青苔，薄履瀑溅，
他后怕自己仅仅是自己。
可以是明人的暗人，而不是使者
看过有意后退的海水，踩过南亚
疟疾病人的排泄，发过誓。
横枝和爬藤的二十公里，屈膝蛇行，
身体随意，摆脱了思想和定力。
脚后跟使劲像起重机提起岩石。

溪流的凉气与响声
在桥下离合，牵强着体内
机器对动力的忠实。
不行，不行，绝对不行，
绝对不得两可，儿子的父亲
洗澡的兄弟，跪在旁边克己。
鼻涕滴答宇宙，脚癣
是接引的麒麟。
就讲讲望远镜，玻璃的拼凑，拆合的聚焦，
仰见的星毫，线图和算式的排他性
证实实在之精密。
不像白鹿借助皮毛消除自身，
不像鹿角依靠再生稳定名称。

义利约定暂缓为凹槽的凝神。

不然，便桥加长、加墩架，
时段切割厌烦，转瞬间
塞进西东必能、认证，
他的脸一经隐瞒就摘除，
泥瓦匠推倒重建而发光。
河沟里卵石压着卵石，像疑窦
注解着窦疑，会意的脸
铁青、两顾，吸收同时给出。
散幢出自怜爱，耐心地重叠，
歪曲、颠倒和解构，
似乎芳泽流行有所叮咛。
明人礼貌护后指路，觉察到
变暗的降速脱离圆心。

章先生鞠躬伴着鸟叫，老松垂针，
光阴款款从中庭铺展，漫过墙垣，
门槛、楹联和地砖层层湿透。
伪装悬刺深衷，忍让多少愉快，
不行，不行，报告付邮，抓住了
他们的黄昏，直走与硬来的楞角
腐蚀交通的第一法规。

“西泰，油漆五官唱戏，
像他们中的一员。”

腹诽对应的率真，期待，
梗阻两边站队的事迹，
被完成的任务，种种距离，
井然他们之间的互补。
他们拒走半径，半途声明
一个边境，你倚靠村外勒石
行走削弱，他们请你上座。
但捧礼登堂，入族，
问学的密道，通关的瓶颈，同样的人
同样经历一个房顶。
在代理人代办谈判之前，
两三个“唯一”长跑，短跑，
争取特约的窗口，从事渗透。
分担造成、主要锻炼分身，
明人尝尽扁担的甜头，传表，
警句，煎熬友谊的油腻。

学他们的衣袖，他们的背手，
不练单双杠的青年参观南瓜的肌肉。
有人青睐和争执，捋胡须，扯袖子，
更问马肥否，港口拥挤或者
远去的目的是军火和圈地。
老实说，我们的一脉垮塌，在欧洲
受审和监禁，幸而亚洲有所保留。
你们的海船华美，远航远胜于谬论，
去非洲，为了从非洲返回。

和尚们简省，念咒投胎，省去
去西域搬书；欧洲的长夜啊
被暴躁的势利的法案轻贱，
我们对冲身份，烦上加烦。
不，不是家教到家里搞单传，
共同忍耐些，有一种差别神奇，
不光晕船的乘客会要上岸。

“先生们，衰流中分，我们并没
两边平行，两个遥隔的基数
不同的踏板，还没有见到贤惠
不老的你们，我们干瘪，倒下。
来人不是你们，不是他们
捏造的泡影；在这圈椅上，
在您面前，趋同您的真实，
激扬坏的本能，闻到（两周没有
洗澡）自身的恶腥；在这麓屋，
成了另一个人，在别处，
是别人，真挚又不真实，
尽管知道是谁，做甚。
在这个无洞的洞中，你我同步，您是
我是，修改依稀的记忆，
冲撞升降的噪音，壅塞的隧道。
所以，两条直线服蛊
孤独在老的算式，
奢侈的连带，影响你我问世。

大哭、被哭，遇在咫尺，
并拢轨道的两张回执。
来人在此，从没计算海上来回，
您离家近，便于设想有去无回，
沉吟挂钩星星，夏露、秋霜，
肺尖的绵柔之凉。
高兴而颤栗，或者颤栗而高兴，
我们在同一个夹峙的不同夹紧，
在近旁，肢体硬欲絮语。

小数点、位移和比例，
图表中没有野兽和贫困，
随处联想，借机开着小差，
各位先生大人，您既然是干涩的
直想眼波放水来，我们日后再说，
数字不管心情，但有意思，
等式外的不是东西，更有意思，
瞧您对面，他眼睛里的劫材和小胜，
试试睁开你的眼中眼，单程的尽头
是否一座楼馆，它所在的村镇
是否一块疤痕，同窗在村外投鞭
没入水里继而没入泥里。”

这一阵文学的影射被斜晖淡化，
科技的零件和哲理的线团
揉在包子的螺纹里面。

他们排队进厕所，议论着，
公厕的分格、坑式和冲净，
其中一位疑似乔装的女性。
薄面浅粉，盯砖石的接缝，
嚼咬指甲，觉醒似的
举头数阔叶边角。
“先生，请！”两广江湖的方言
伴随着欠身连连、退步队闪，
里头提裤子的两位疾步掩饰。
欧陆、中东等等提高兴致，
快速记忆的公式推销了
在外国霸市的几个名词。
代谢都是急迫的，失重到
失禁，稀客从命的夹尾状
爽快未免失之放诞。

桂花的初香袭扰君子的屏息，
山脚弥漫升华的秋气，章先生点头
展额：当您挫折，没有回去的意思？
“余之惑也。”这一块星斗样的
倒悬，鼓励侵略性，
老熟的地区尤其不毛？
何至轻视故此，惋惜这里，还是
陌远刺激感应，随后复行？
忝身您的案前，目测您的平行线，
和您交换信条，交割快意的盘算；

假如欧洲无事，抑或隶属
后入主派，您来扣敝所的
山门吗？在此荒谷，你们和星星
是给小看但老看的老外。
庐峰齐高幽思，陪您攀一程，
望望涯际，聊聊良种的兴起？

章先生眼尖，看准心愿。
刚适应的衣服，这时冒烟，
整整十年，装备完善，
等着一下子戳穿。
经过那些打哈欠的地区，替换剧目
和演员的舞台，遇到醉鬼瞎子痴汉
撞钟和撞墙，蒙古人、躲着的人
嘲笑他们什么都偷着干，
斗鸡、遛狗，烧炭、磨球，
鲁莽是难耍的杂技。
躲在标签后面的人，模仿暗礁
被轰冲的淋漓，大多在半夜
滚爬开溜，打扰的理论的日子。
住下，不光负命在此，
这里的艰困迷人，刨根代劳，
你们中有人高人一等。
青年脑子里算盘脆响，凉亭
和卧室相继垂下蚊帐，捶胸的无奈
感染远道来人总是最快。

当面棒喝，在长线的延长期
首付债务的加息，高翘的二郎腿和
仪仗队，偏爱沾染本地人的血迹。
这座钟自鸣，人得其意，这测量仪精确，
我们习惯的分歧更加精细，
有情都不，抑或首先需要
规整、说服、俨然的数据？
我们的盲区区别、重课着
教训的汇总，和斗兽的奴隶一样
酒后比较苦役和逃逸，
这里，结果是量化的发呆，
没有哪一天，哪一件事，没有渐变、突然，
不知道什么时候结束的，不知道结束了，
摘毛豆荚，先理后洗菜叶。
看，这里有高利贷者，
体系地，狂野滚利和祸害。
您反对弄虚的、勒索的未来，
反对榨取的、毁蚀的存在。

章先生贯彻非礼勿听，辗转领我
深入院后直立的山径，野物爆发人性
出没干扰，令我们羞于只谈人。
他顿了顿，喉音阴冷，
“西泰，规定的散丝
收束评选的规定
何种暴烈更多增倍沉闷？”
“哎呀，”敏思之英俊，

之挑衅，“先生，不过去了，
站上峭石我要犯晕。
白云非云，黑夜非夜，洗白
又不太白。”先生呼吸暴止，
返回荆榛间语我，“您呀，
带来样品和产地，您的主人
管理溪泉，盈枯和口感，
我们的帝国面临干涸。”

垂下仰起的头，脑背后
蒙淋阵雨，我们走到底了，
欧洲早就走到底了。
高囱的浓烟打倒市民，英国人
在工厂轰鸣，海轮装卸啊。
您等着瞧，钢铁的恐龙
就要上市，狡猾的纤维和塑胶，
就要支架我们的外貌。
和这里一样，做着
条例贸易，欧洲的其他派别
狠毒之极，英国的党员长于欺愚。
肚皮一阵抽搐，音量大
起了作用，由于岭南北来
愤诉时自顾自点头。
章先生微挺佝背，示意返回，
他眯缝他研究人类的眼睛，
忍视斜前草虫，让我过到前面，
他让出的空间撇折、舒服，

我情愿并肩他恭顺的停顿。

再次给出余地，将我在石阶
与他岔开，下坡踩泥浆，
颇有直捣的尾声的堕落感。
密林隐约的房顶冒尖，晚风
凉湿，降低预备官员的嘈杂，
箫音断续在后山方向，
几记击中目标的闷响。
先生，小心滑溜，原谅
这些个志短的话题。
我业务粗疏，没学到同事
脊梁的火光——见识小于认识。
我的故乡，意大利和馈因布拉①，
葡萄酒、瘟疫，教案和战事，
总之爆炸和分化。
上级听信狡辩，先人和哲人
应当纪念，我梦见罗马，雕像装箱，
运往丝土的澡堂和剧场。
章先生，我们迂腐的语言
所谓种子的怦然，我们的枯骨绿化
退出时刻统一我们的困难。

2013，八月二十九日于上海

① 馈因布拉（Coimbra），又译科英布拉，葡萄牙中部古城。其大学古老知名，为美洲殖民世界的求学中心，利玛窦曾在此读书。

二

浊身、浊血和浊名次序散去，
镜洁中，粗的柱臂托举底下。
倒向下却不掉下，故态
　　　　　　　　萌出芽苞。
仅有的几个人，倒栽的吊挂，
冰雕的工艺品，定格的坠落。
溅射的水花凉些，被祝福，
摁着更想抬头，井喷的
渔港味的喷嚏，吹喇叭似地。

彩窗斑驳的寒光嘬来私处，
是泄气，俏皮的装饰。
洗去不只鼓突和赘余，
圆穹诞出不只花样的胞衣
银色的乳毛，漩涡旋出腿
接着，漩进他俩的膀子。
裹在白布里，起锚的洋面
他俩冒出若无，袍仗移远
鼓掌的条椅则是隔岸。

检点半空的厨具，罗师父停当手势，
旨意在鼻尖很快退失。
很快，三个冠冕的老汉

从崩盘、匀称的浇淋
重得形体，次序现身的慈母、魅娘
添丁的把握，静谧地
再现隔世；十几个南北，过时的
四业的强硬手段通检完，
楼道和巷道的贴纸呼哧呼哧，
耽误的年份经过菲薄。

仍被雷同的密麻瞄着，渐渐意会
脱壳的同乐，重装的底线。
午休前，他又囫囵了几个。
有些部位醒来，亢奋守戒，
丢失的牲口回到口腔，伸长。
玄扈，
高科技前沿的耳朵，听听园林，
其间变性的嚣叫，是铁月卤直，
被亲爱的屏蔽拧紧。
南岛昏迷的部队操练绞肉，
等你，别后的轻熟的感受。

商量合身的鳞甲，盆水的窒息
成为炼异的数码的斑疹，
母怪的连续妖魔全城。
同事脑袋尖削，刻画倾巢搬来
多少针毡、浸淫和气泡，
师父，几个脱胎的蒜瓣

这会凉慌，捣碎调味以前
收敛刺猬、干涉的触须。
本地的百姓和众生，和外地
充实规划的人民都在冥想，
等待着婴儿哇的一啼。
原来禁锢加上了禁止，
快快加上机器，不然，祖宗们
来到身上滚圆溜的碾子。

两种别样的臭。
鼠纵向幼鼠，三级直扑夹板，
成排的桶盖揭开、盖上，
门洞串联的音箱梯级扩音。
从他俩借力，他俩颧骨略微
渲染些红晕，当把帽子扶住，
和属下回家像是面过圣。
提振的精神回位到沮丧：
缺口豁开，而且数量增倍，
在火镰和收成的鼓舞前
更加是时务的蒸煮，回锅，
时人变调的爪牙的蓬勃。
夜班的同事联署一封长信，
他俩听话，被目为下策，
要往您的超然敲下些恨，
您了解，要往您智库的堤坝
安装玻璃的自开门。

您站上城墙的望楼，市声鼎沸，
神人显灵也没有用，忏悔，
也没有用，生活将是生病。

师父，裸受了赤子的原则，
现在，请教给学问。
七年前，在韶州，懵懂悟到
培根讲得不错，也没讲什么；
伽利略、麦哲伦开展的项目，
立意模糊，本人目标虽小，
但有一个老国清楚的评估。
陪您观天象，耗费时间，
您了解，环绕这那无非抢劫
地盘、黄金和珍木，
您是您捎带的玩具，是您
从您的图册删除的臆测，
不是，不是南来北往处理的旧知，
零碎、原始的工具，
萎缩、发黑、怕的品种，
军事武装的胜利的方略。
您在这里，这里泥泞的一块泥，
师父，第一机密，必须
个别的证明？那么，您是
佛徒？圣母像笑着，笑着，
您在南昌脱出伪装，脱出
那些重塑，那些不错的错误。

您领聘书的时候，脸之阔绰，
第一代工科男考分不高，
但是，工程师已经治国。

我带来不祥的物种，用它
说明先在的约束多少自足。
这是移情的厚土，十年，百年，
慢慢的定神阻止不了
腿就是象，种子计划一夕间
满坡辣椒和甜薯，捡烂的妇幼
到扫盲班大锅吹牛。
阁老有车间相，操作流水线
像是褒姒重生，爱好历史的进行
未必一个人铺天盖地。
兼搞轮训、填补空白，别人干嘛，
您的喜中三忧，自由的条件，
对象的无保留，心理烂了
我们一样，以致迷恋路障。
吴淞老头儿，被选中的和缓，
解冻了冬眠的内阁的顽固层，
伪善中的善，谰言里的真。
　　　　　　　　　　多好，
在城厢边缘描图，撮合天数，
星辰的群组对应一些变故，
精巧的考验的步骤的披露。
散朝以后争论，到后廷拉拢，

一片觉醒的时装的时尚。

猛进的保禄，教士的戏言
含蓄着匹夫为人的深浅，
坚忍讨嫌，一直做狗也罢，
忠贞，毅力，狂吠护院。
征战啦，朝代啦，像以为的
死活就是急所？以为的
急所太多，回环序次的瑕疵，
每日焚毁春秋一部，
折叠的器具注销折叠的人。
然而，兼顾信仰与工科，
揣摩人类的型号和制作，
两个家伙降低门槛，把装备的
订单，战术和佣兵，与种族
派别飙级的难题，抵触为人
碰巧的杂念，放到一边
冷冰冰的卡片盒子。
您鼻子嗅着根本，但是笃信
比怀疑造型，泄漏的、乱真的
恐怖的意思，解开以为套子
吸收的原生的精魂。
你们打腻了，经常购买和平，
他们没有，想要品尝林旷窟穴
以外的笑纳和割地，山川平野，
立体的治人的伟业，带土入族，

　　　　　　猎人乐意献血。
我的同事自横滨通告，日本人
酷爱游泳。但是，我佩服您的
扇面诗，您的窗风吹动园中石。

确实外来和尚好念经，深秋，
万木裸退，他的猫眼勤转，
应酬雅致的政令；进士愉快，
爬他的进阶；精巧的推论
制动精密的齿轮，就着镇江
特酿的醋，科幻地人造人。

“可怜的李贽给骂得，想他，
想念三淮师傅，李贽拉去
出洋相，后来才懂他的说辞，
半罐生僻的流量成功了。
孩子，我们是一群招摇的
孩子，有人基因从未稀释。
为难你了，白发的孩子，
岭南山村的教师，凭着珠算
窥见另外的机制，但是，

　　　　　　拿定主意了。
李先生从南京寄来一封加急，
敬爱的豫章章老先生病重，
他被易象和图册轮番磨损。

我按指示折返、北上，已经
被圣洁的目的手术了容忍。
　　　　　　　　　　　请求，
办理军政要务，参阅中外诗文。
您的办公室诗歌棒极，为政
心闲物自闲，朝看飞鸟叶飞还。
但是酷爱编程，我坦白，
从马切拉塔到馈因布拉，转航
来到东亚，我得到一个想法，
我反对区域钢筋混凝。
　　　　　　　　　好啦，历法
振奋政权这样的胡话有人迷信，
科学靠着愚昧，充足的经费。
其实，我注意蝗虫掳光的鲁南，
上等的土壤，生物圈的老章程，
下一个完了是债权的翻盘。
　　　　　　　　　　　总评下来，
您的制造和植代，加重内循环。”

听罢演说，玄扈扑通跪下，
这默契，后来人为之后怕。
“师父，您的洗礼。”
胜任着脑中的车床、规模
和停电，昨夜夜游小区
被花坛、阴沟和回廊回绝。
是该和同事联纵了，在第一次

亡国之前，根据监控，清洗
内部的敌人之前；他们出手，
我们的盐碱必将深厚。
然而，月球的暗部的
观测者和沉溺者，被赤道二分
在两个回归线和极圈，
热一会儿，双份温凉又一会儿，
普遍的天文刻薄圆滑的人生。
器官恋旧，脑回刻着“必然，”
九重、十一重天之
宇宙几何、苛刻的人伦
不如星球跛行、股进股出
大能量的卖场比较激动。
师父，圆轮浮于水面而被盖着，
这些覆层间的种别、代沟，
蝗虫一般屈节着薄膜。
鏖战空文，钻营，海禁，
利益带勘测口岸，怠工，
茶道，消遣诗歌等等。
帝国生意战争第一，讲究却未研究
炮弹和炮阵，军工的科贸——
抱歉，东方人谋利其实轻便。
打仗，但是想要打不出来的东西，
推销战争的古人常常亏本，
愿望：全盘来得晚一点。
关于市场，您得钦敬保守派

他们列出藐视你们的原因，
从不为了此从彼中脱颖。
他们拓展重复的业务，复而生也，
反对重复的开发和单赢，真是明智，
改写你们的手册，练我们的兵。

（寄体亡于寄虫一次两次，麻痹在于，
受够寄虫的拖延。
触击出发的功能，
啊，一切典故之上，别开生面。）

您揪着，向您报告的已经很多，
再跟您讲讲这边的工作。
没有违逆民生，顾虑的短缺
不只但攸关着农业，批量的水渠
批量的分支，达到口粮的产地。
当然，商界出来的新秀，
不能忍受凡事出自农耕；
您知悉具体，让抒抒情吧，
街上圣人多了，令人恐惧。
感谢饕餮，生冷的本能
适应文化的冲击，改良农具
想到开发超大规模的农机，
想到一个商店卖全球的仪器。
师父，归宗一祖二宗，
无意识更加猖獗地活动，

狂得不行，的确离开了本分。

师父舒展面容，松开攥着病毒的
拳头，轻扬拍打两边扶手。
“老小儿，该去一趟我的老家，
看看广场上的集市，那里的
一点进步，经过偏见的石磨。
行刑地点，二手的日用和古玩，
现实，岂止知死乃能善生也。
我运气好，当了一个世界公民，
我脾气犟，学会了温存。”

1606 年，利玛窦剩四年好活，
并日与徐太史举谈生涯最急事。
太史往返惊怖，寤寐琢磨
理财的秽乐，懊恼的殃痛，难之
至难，乃以死候为警箴的条目，
这些，悉乃借也不足恋爱。
是它，名词自棉被的破洞蹿出，
初等为何焊接破裂的承诺。
　　　　　　　　后来，德国人
猛捶魏玛午夜，未知远东人
靠着一晌午睡，保修入魔的理性。
这时，第一代 IT 男，尚未测绘
上海红尘，却做了动漫的
咬合的喷绘布景，已知而未知

拼贴未知而已知，入质的流程。
他生于感染，谙熟炙焰之
起于涌泉，伫临寿终正寝，
难为情，身上移植的骨髓。
悲伤的法华汇，田埂和漫水的
桥头工坊，组装倜傥的款型。

回到 1610 年，泣诉和嬉游的守制
期满返岗，西泰归西了。
从未有的安宁翔鸣二里沟，
整个星期。
完整的一只鸽，叠合了灰蓝两个
世界的核心，巧合、和平地，
滑行的射光近似平面的照明。
是呀，稽考日冕，他的行为
吻合古法，他的远道弥漫古意。
读着函件，油灯的豆光析出
屋里四壁上下的明白的缺席。
忽然，跨出壁镜似地，他迎面
来到桌前，大嚼过期蛋糕，
他说他可以吞下餐具和地砖。
花眼瞧见的
虚廓舔净了，他訇然站起他的块头。
如同符号充实的院子，破败更甚，
死者最终逝去，还原科学的初等级。
这么朴实、还株，如实榫卯的托付。

推广的一觉醒来，诸般事儿照旧，
地下的中转转而挺在背后，
阿姨放下手工，情迷一台新宠。
见过师父的图片，如意智能儿，
换体的神仙，星际公司
收购银河源，全才乖巧期盼
赏光的谁，清闲了，倒拓片，
逛博物馆，力拔山之
救市、救国，时事的联欢，
丑啊，美啊，中计和吹嘘。
去他的火罐、开瓶器，放纵和责任，
岁月优待没完，湖枯行船救济前线。
该为天津四部配备政委，遍询衙门，
礼部告诫缓兵，部队需要精神劲儿，
家族来信到头了。
三篇楚辞河流的孙儿，报效到头了。
积极政策、集中采购和辣手的假象，
在野、配套的攻击，还有一段壮烈，
一段楼崩人去歌诗篇，唉呀到头了。
仍旧这样，结合他们的会诊意见，
白眼和法眼会审我们不齿的一面。
终于过到慢死的恬静，减重了的
丁点儿粉末，据说的、真空的空洞。

“玄扈！

我中断了我的演练，
未排出欲望的航母。
不只意识到了工具，
我是中意的，无论和谁，
没有谈过没有见过的末日。”

2013，九月二十二日

三

广北，雷霆轰撬葱茏，
闪电开叉，地壳并没稍动，
灵犀丛出错拍，误代，
寸心啁啁而机会是零。
落选落后瘫软，大雨加力，
瓢泼障目，连根的整树、草垛，
磨坊的框架后来着，高低颠簸。
君臣影逝，尾随伤残、妇幼，
逃山却岸退走，洪水合围上涨，
阻止刘越石的孤忠。
行人看着麻雀的辎重泡汤。

停行本无根据，老白，解开
你的心结，胆敢开船
内弯挂在三江雨月。
教训都是讽刺，搂抱的如注中
水光交割秋冬，候补的阵亡
清算着厄业，科员当该瓢浮。
誓言这样灵验，当该乞求啊，
山体的钟乳晚些酥松。
往南的哨所、隘野、蛮种，
桥梁和海洋的勾结、通融，
我是我们中最不预感的一个，

最不认为终结是休闲的一个。

老弱在水寨的高上地点团体起来，
水面齐肩，间或退下锁胛。
荡来的鞋帽、门板、房梁
夹带禽毛席草翻出激流
又漩进湍急，三人组的捕手
捞到呛鼠；另外的捕手抓到冲昏的鱼。
嚼着尸肉、内脏和漂木皮，
嚼着我们自身，大自然馈赠的
藤草的纤维和颗粒。
毛孔沉淀的水浊，在搓揉中
迷彩伪装的微生物爆卵。

太太小姐们唱起山歌，老少爷们
分声部相对，上面山风推搡黑云，
下面歌队超过取暖之需。
泡着只有时间了，说说你的郁闷，
儿媳和孙女；家里粪坑的蛆
说明起夜福气；跟着逃跑
还是理菜园惬意；跟着，一座茅房，
没有窗；大力掐呀，踢呀，
头痛，试试把头从项上提起。
屁股给暗流冲得，贴住你。
咱贴着，贴着回去，拧巴的
衡阳儿女，长怨逃没的不值。

惨到缓过劲来，除了笑话就没事干，
儿孙揭老底，咱家底浅，
与老天比水多，咱比不过。
妇道人家，你知道，你还有几年
几年呢，跟你世说一通好吗？
跟师友打败仗，吃官司，上奏，
泡着快活，皇帝在流途开会
优选龟缩的地理，同事知罪、贬职，
牵连一些稍熟的山势。
他们稀才，力挽的壮志
使他们敢死，哪能瞧不上他们，
机构里的豪杰们，了断了枷锁，
在贵州造一礼节的宝座。
追随着他，仍旧追随着，
追随着朝廷，仍旧追随着，
可能是，眷恋跪着说话的舒适。
快意酬答是南楚的祖制。

稼轩出狱巡抚广西，由福建
而永历，解决了跟谁的问题。
衡阳南下的幅度小，一二百公里，
三五次果断，转了一圈。
动辄化名混进瑶寨，风声紧张，
下山来，小结上山的方针。
老瞿最为风致，也听说了他

出圈的斗志；腿快，投靠
没人要，一块儿丢命丢脸吧。
在乎南宁，在乎衣冠，
在乎倒在天崩的瞬间，但是赖活
在团结的肿胀，呆对这些
浮起的遗言，族类的清洁剂。
啊，水患夭折的行程
在这儿泛泛的强扭，楚边北事之
须眉连贯根须，应该马上回去。
瞧你指间无缝，捧了半个时辰，清了，
你喝，下窍肿翻盖了。

羡慕老瞿，衡阳近，回去。
苟活代你独白，回答一些
咨询暖身，水正在冰冷。
盘绕峰笋的瘴氛，是 Thomas，半个
教徒的胸臆，拥抱临时的确认：
说是柳州复活的柳树，苏醒坚从的
完全、信任的联系，
我们选择矛盾的回馈，
我们的流亡政府活泛了边境。
再深入一些，笑话就多，
戡破姓氏和光景，仍旧是林莽，
王公贵族一边恢复一边受洗，
敢死队的佣兵们全体阵亡，
职业地推介现代化的金刚。

都在变得肥胖，肿也是胖，
桂林，孤峰和柔齿，
浓雾独秀加印的涟漪。
就此结纳，究竟是不明不白，
此时，民族的仁义到了高端，
圣人之后一日三宣当该万段。
当该惧怕古墓片石，昂起秃顶，
使一脉大智小写告别的流连。

卡在水里的亲陌，有的坍塌，
有的撕衣结绳，用亡者麻袋漫流。
身体的堰围里，出现景色
姿色，报平安的思绪。
杵在奔逝，游历我们自己，
黑洞，估计，未如江河的沉浮
溪脉的荣枯，这么可观，
去留风趣，地形服从处理。
我们过一会儿又望向汇合，
一连串的事故，没有意见到
无形的动物这样亲睦。
从流声听脉搏，洪水被编辑，
被协奏为接受的间奏曲。
衰体脱敏，猥亵着末日上身的
集体的呻吟，聆听涌流的枯竭，
绝世的断流的余音。
回去，每一次的同一个决定。

祝愿他们转机，莫使一个推论
切断他们的借力，真是末日，
行动，不得已的走走。
值得憎厌的东西，滚滚着到来，
好大一团长藤缠绕着到来，
好在稀烂的肉经得起抠。
这是一个决定，再也没有了
包罗万象的“不得已”
之后的顺从即是决定。
全面扼要我家，报一个数，
第一百家报数一百。
理学的惜命种种，而熬着滔滔
妇孺谈及，就像不闻不问，
就像临海策论的附加值。
自从考后岳阳船游，那时年轻，
上榜是欢聚的理由，语默间，
产生了被需要的欲求。
个人和个人的学术，什么是
落地了的，多余和更多余的？
后来，侄儿抑郁，央求压力，
琢磨字迹之外别有必需，
于是，在山洞躲开强敌
成了严重的领会，对偶的畸零，
放在一个窝里而可以回味。

刚刚面熟，也许不是本来面目，

货郎，匠人，跑堂，老板，文书，
鼓腹硬梆的桶，苍蝇热烈，
我们松绑，推开令其漂走。
浪涌拍回，眼睛球圆再次打个招呼，
几天相依的饱览，心满意足。
该死的都经死，日夜雕虫，
练出入死的本领，不怕也就不想，
而且，饿功经得起红豆绿豆，
滂沱中浪漫的日梦。
大伙儿骂俏，吞水囤洪，
我们虚弱，刚好拉住，
假死的孩子们，服帖连环的手扣，
排队狗刨的游行翻案了丑陋。

山头这样子傲立，必将闲置。
永远是抢到枷形位置的人
证明行，捉来蚁虫散给老幼，
还去戏水，河也换水了。
荒顶忽起的寨子，席地相亲的风姿
帮衬着，大家都拉伸一困。
侧卧锁骨，之后牙齿，之后
目空一切的天人之推诿。
侧对野草的重立，完受的凌辱，
好似并行着巡狩的马背。
卫道士，骗子，设计他的
傻乎乎，自告奋勇的不亦乐乎。

没有人想起匈奴的果敢，
败绩的征途和归路。
难友们搜山，钻火，围坐，
俨然一个没有门户的村落，
有人清点，统计，跃跃欲试，
有人丢失了天大的财富，
被推举的长者教导儿童习武。
骄矜、禁口的钟馗，半年来，
请教过不屑的五虎，未如这样
自然的教育，乡关的油头
验证的情志，一切都看得见。
他们同意现在攻击过去，
订制一批罪犯，滋味地度过眼前，
他们乐坏了，轮穿湿的棉衣。
在两广、湘西学蛇干嘛，
空位掏空的人，如此之
可怜，自评山里第一阴险。
妇人，坚持一下，再生一二，
孩子需要你我，跛行可也。

太史的逻辑有时有理，互指的
奸佞的套路有时并驾互补，
在于望断韬略的期际。
料到孔有德、耿仲明、尚可喜和
吴三桂背叛孙元化，仍旧是他们，
料到自食其果，仍旧高价进货。

谁能挑选漏洞，把握仅此
像样的决策，说服部下
运筹顾问和炮队，奋一总攻？
他翻书，知道正统之在寒时，
门户清否应该是冷场一种。
通过落户的教士，他的皈依，
多大的忙啊，邮购爆破的火药和
火线，散布相像到对立的营垒。
净已及思，西和东的知识，
赤子感人，要使善恶平等到
全体起立的朴素的支撑。
余姚重视私利、社群的关系，
深黑的漏洞在于疑惧，
上诉历史的可疑和可惧。
可是，地区的湿热和浓密，
磕头的次数和时机，
衷情抗拒自必，在这里，
就在这里，我们容忍着贵族，
争取着肮脏、卑琐的跟屁。
徐老例外，干燥地带例外的架势
大体切合部落的耿直，
有点儿觉悟的分离分子。
这一群摔下我们、率先殉了的王孙，
本无交换的想头，化淤的
执拗，属于幸运的受难的土匪，
本地知觉承担本地烂摊子的种类。

他的结束是我的开始，
我是它的礼物，一个象征。
我是它的对象，它全部的寄所，
它的谩骂、贬斥和亏欠，
它季节的了结，嘉许的反应。

洪泛推行明代余波，朱由榔
丢失大部分人马，到达南宁。
老天这样退档，未曾精兵，剥夺
托身的想象，他的人民失业了。
湿火的黑烟贴地回绕，
呛鼻的焚香裹着绝望，
貌崛何来性温，在漫山的
生动的窒息里，合格的殉葬品。
活埋，即在松柏间干活，
何必张同敞那样鼻炎闻头丝，
在死人时节戴折枝的芬芳。
体态也已落潮，复苏的麻木感
表示被再提档，被死放弃了的，
被动有的老巢高调召回。
后话是，瞿安德圆满智识和英灵，
后宫、候任的洒水，
澳门、欧洲的遥途，
使一个低效率，让湘楚
慢慢回答历史的痛苦。
现在之快，北伐的战士葬身蛮南，

刽子手正常上班，海岸线、峦岭
为之研极性命之鸣阴。

水退山枯，河滩上一些诈尸爬立，
趺趺撞撞，厮杀的模样，
在水里充了血，臂展捅空气。
化脓的群山结痂，后退着，
还原其淡漠，返祖其野兽。
被光尘随远，似乎瞧见
曾经的下游的渡口。
孩子们，大大小小的孩子们，
见识老马的本领，连滚带爬，
跟上趟吧，再欣赏一下
靠不住的记性，走广东，迂回
回去衡阳，几个渡口有交情。
你们的嗓音差可入耳，赛歌赢了
背小孩，输了少背一程。
都莫自诩编曲，捣鼓苗语，
来一盘咱们顺耳的花鼓戏。

别了，皇帝，三江口的祭仪，
凑合、契阔的一揽子交际。
经此一扔，仍未明了这样一片飘叶，
从肇庆到七星岩，再到肇庆，
在回笼觉结束、实行一个决定之后，
仍还满脑子兴冲冲的想象着跟随。

从没害上梧柳桂的山水病，
但是，在临终关怀的歌哭，
谢谢，五脏俱全的麻雀，
为山人的身体安装窗户。
政变的光景的镂刻，节骨眼上的
蜕脱的经历，沉沙的堆积和推移，
死亡留下这么多人，这么多人，
追加给世界清静的吊甩，
使静无具备借箭的功能。
谢谢，给山沟留下渺小的磅礴，
写史是次要的，您的属下，笼您，
拥您，缴械和引渡您都是次要的，
孙、李和缅王就像昆明不值一提，
您的皮箱搬动地区的磁力。
您经停的高原的山崖，银矿，
矮化您的蛮子的便房，
那些抗议，空洞的空白支票，
而狼狈裹带意外的布局。
但是救亡、相逮的气概，
惊悚的姻党，粗野的死期，
立功的奖励和村野的鞋泥，
更重要，可以活用的栽培手册，
可以提炼的条理，不被一切需要
扭转为被一切需要是可能的。

2013，十月二十五日于上海

王船山被拒绝在洪水中的水砦　　　　萧开愚 任志英 绘

四

惟此丘前，草率适宜住留，
高宇寒霄下，气流交响，
村民眼馋一切，除了这爿
收学资、称作坟的草舍。
屋前渠浅匿细蜉，逗着那
蛙饥虫困，度今日而非明日，
长宙经手层分，逆见二三。

昨夜乘凉的席椅忘记收起，
稻草那儿的瓜藤延展了些，
湘西村样样枯瘦，
老松树时时聚人气。
赞它多好，我们需要，却痈痛
在背、两胁和肚皮，
蚁虫接龙的跳痛的痒团，
拉锯的割地的结盟游戏。
晨光的军警啊，扫射分散注意，
给联盟的红白二色旗消毒，
鸡崽鸡母出笼，惺忪抖腮囊，
慵懒的歪步绕拜灶火。
真好凄凉，朋友没有一个，
到后头浚一浚百谷王。

晨思粗鄙，打断及时，
矮马一蹄踩空田埂，来人顺势
滚下来行礼；夜奔至此，
官儿交代手札，和他的兵儿
咕噜一锅开水；老身肠热，
竟碰上天塌，落魄到足够
劝进的名气；跑遍全省，
考察民意，老身不是补锅匠，
喊这个号子总之不行。
他活在他的忘性，打出的道理，
故而不在意历史的意义，
故而文字捏造一个过去。
他仍旧是碎片，没什么例外，
他仍旧是无常，没什么浩湛，
公然一篇天下大人的自诩，
委诸天地不容之快些。

暗自辱骂莽人，切实推拿自己，
对面山脚的癞头趟过田间，
他的黑牛弯角滴血，叫魂过了，
他们摆臀挨近，探风声。
媳妇一只眼机灵地闭着，
扫侧边，屋后。“前后的代价
还可计算，但要扫除帐篷，
根据湘地干大的买卖，
他，狼藉的标记，不是选材。

我仍旧是别人的一条土狗，
他的一身瘴气是他的符咒。”
神侃忽而觉得，两个村里爷爷
发表政治声明，媳妇端来一盆水，
给挤脓，冲洗毛囊，擦身。
是有点儿怒檐奋拱，槛下石
和街沿石塌陷，媳妇耳语：
“来者不善，人家自称从孙，
两担礼物换你一顿训斥？”

望向屋檐下的燕子窝，
官儿骚言倦倦地应付，
揉压眼袋，讥刺闭关的生活，
“俺行伍料来，也许苦寒。”
谈着，逃向青原极丸老人，
被汤若望开了胃，括三企四，
门厅迫出，被俘但作偈子。
孔有德叫当和尚，应该
多叫一个，曹洞一朝一烧草垛，
剑峰柱，涵盖合，回互的
石头依立古风，南鸟儿的奏鸣。
你的背疽连着今朝的切问，
初洽的密音也就药蛀浮运，
自你谢世，大藤岭的蛮子
席卷外围峰峦，山人极少清谈，
姜斋里，总是姜汤和虚汗。

兵儿靠墙根打盹儿，仍旧讽喻，
仍旧想药地，继进一极。
练功，容器发生了反作用力，
山庙里尽是米色、否则，
嚣张的盘坐，原教旨忌惮的
江西石头的谱系；你是栋梁，
你是务虚的和尚和庸医，
而前进的危害小得多。
或者走乡串户，射死老虎，好多人
在两个地方，射中同一只虎，
或者散步山林，误入巢穴，
所遇迫出虎性，被坐去了。
虎口之多，从来万事休矣，
满足着追悔的腾挪的边界，
幸好下岗而有神力，而有踉跄的
墟烟，福建酌准的经验。
怯怯的介士，忘情于白金之产，
低估没有见过的世面。
你是浑天家，提醒的猴子，
四种神通穿透唱众的布施。

行伍忽作雅语，古木一夕清吹，
故人的玉坠吧，喜鹊返枝。
那么，逃向雅事，鱼钩落入水草，
缠得死死，恰好鱼儿扎堆。

贪图上真是奢华的假象，
假象，却是摸准的真实，
比回绝和藩王称帝都美。
这一回，默坐到钓叟们中间，
水之憔悴，江河如麻的纠结，
下盘得着一些个点缀。
喜鹊闹腾起来，还有长脚蚊
被早晨的稀声从角阴吸引起来，
还有一群野蜂，剪径似的，
它们的刺，像瘫痪的枯穑调情。

使者劝说带上鼾声，逃到了
麋鹿的苎麻味，沤腐的锥味，
蹦跶，怠堕，依偎的贴近。
洞外闲闲的家小醉氧仆倒，
迂阔的山林漫嗝碳酸气，
妇人的骨骼软软而脆响，
儿子想着他的学生，毛躁兮兮，
大言功夫精进，神智坚挺。
股胁间粘汁贴漫，裂脱，褪色，
摸着痂壳觉得新肉粉嫩。

谨守洞口的散光圈，被游气
搡进搡出，被腐味中的甘味，
垃圾堆制造的安全囊。
妇人、儿孙喂给麋鹿根叶，

它们表演天线，住洞子入股了
宇宙快乐的信息中心。
好多庄周，好多外星人，
衡阳话的密码，接收器的开关
像火石凉着但一直开着。
但收到另外的连环的呼叫，
但乱码中旋来机敏的探针，
被选中的能量的寄体，
常用、耐用的，吸脂家小的。
广宇啊，变化气质的时候，
狂泻的丝麻应该编织。
路人建议跟随转移，屠夫参军，
屠场和书院停业，再无顾问。

他挣扎了一下，躺上凉椅继续。
吴三桂差可驻地，平西，
西南角甚可延展，反之北望，
跳楼出现韵律，无价的感觉。
反复镇压的天性，先生
反而这样性情，反而风靡
南陲火线上的鬼混。
是多此一举，是犯了倒戈的瘾，
是不会造自己的反了，
不是挑拣死的名义，一枚玉玺
答复不了一切地方的告急。
他臂筋青黑，他赌气，变节，

在他的部下看来是我朝深沉。
先生，行伍像是掸蛇灰，修鱼趾，
演冷场的笑剧，但是，
且战且落荒时节，学生同他
困过无数祖典的一夜，
祖坟的真情的长夜。
他拍案的一瞬，黄历闪光，
冲锋陷阵之辈视力历来差劲，
他强过所有混账的将军。
行伍看来，他知行合一，
果真干，至少，终于，珍重同种
甚于邃古初生之肤肌。

厉害角色，用我训人的古语
休咎于我，岂知剀切乍利、殖民，
走马灯似的赝名晃晕高人。
您一执事，叫人头昏，
逃难道上的冒进的笼络
岂止一生一次的头陀。
额上刺字的底下还有，还有，
但是，刺青的乳名，
蓄满亲昵的指印。
同样的脏乱差，同样的脉筋暴绽，
他应该停下这件破事，应该停下，
山民连一篇谩骂也拼不出来，
使他在他的场合耻勇并施。

凉椅卸下重量，他沉睡过去。
配天的标准修订完毕，
日月的阴阳脸并未标配，
孩子们晒窍，解释陶诗。
洞里渐渐敞亮，山岚示意花期，
走卒走过跟前，皮鞭抽着虚拟，
之后，真人的渊虚抵近，
之后，动物的嘘喘入境。
妇人小子轮回咳嗽，要叫行人，
传些村烟上山，缓缓酒兴。
脚蹬衡山峭壁，盘鸡眼似的
掘野菜和菌，自然豪迈的
接纳了古虫的化石。
我们的牙有了吴侬软语的啃欲，
我们假装城楼，诸葛亮周旋司马懿，
弹一段幽明协和曲。
小子们，陶公不作辞子，
感遇和军阀抓丁不入诗。

儿子盯上时学，别门天涯的形成，
一些比较的没啥出息的疑问。
支配我们的返程的几乎是人，
有时候，黑险等于歇转，
意志疲软就是殷实的大部落。
停在野茅封锁的坑洼，或迷烟

沦弃的岔沟断路，我们原住，
就像是难民躺在卧榻读书。
其实，敲诈山脉的流民，
总是得到高深的平静。
山穴里守夜，和万物结金兰
每一个评价都是盟约。
永福城的两个月雨，抱着雷闪
每一觉都睡过了头，睡着，
也翻耕着，连年的瓢泼，
湘中沃土涤荡到了枯涸。
这时，这里，或者此时在此，
暴露着生活和死的法则，
正步、止步和退步的法则。
但是，邪恶和怕，打包放在
行李里晃悠着，望见草堂，
余之颈血俄尔如泉欲喷。
前山陡峭耸涌红潮，倾倒，滚动，
磨损、鲜活板结的感情，
婚配岁月的饲养的草根。
环山云脚随行，随鹿惊骇，
它别转它的角，或许是厌弃，
三百里以内就这几个人。
我们一致幻觉，青空落下
许愿的流星，自杀的集体。

执事的最后一觉幸福，厚唇噜突

在品藻的环境做最后的评估。
命日生，性日受，某个机构
暂且扔下机密，旅行结束。
临时伪造的题目也已解答，
追兵与逃兵调换位置——他躺在凉椅上
——关于命运，他的意见相左。
媳妇招手，厨房蒸熟团子了，
兵儿伴着面香，睡得香香的。
媳妇呆视鸡窝，担心叫声
惊醒他们，最后一觉要自然醒。
抹去柴灰调和的呛出的黑泪，
她找到无声的红烧的方法。
该去史乘里把鬼祟挤掉一个，
或者，把疑问袋子处理一架，
媳妇，都是你的拿手活。
男儿依靠别人，所有人的错误，
壶谷的某块石子密写着结论，
它的斑纹是语病的防盗锁。
党争便于评点和转圜，所以，
菜系之争旁观者清，所以讨饭
套现一切天问的绕弯纠缠。
多么壮观的眼红，牌子和型号之争
全部吃进，决战历来浅显，没有人用
战争赚钱，会有，但是操控气候，
指望什么变质，什么酿酒。
可惜现在，可惜一面的谈伴

要去担任壮烈的左右。
干这行，几页散稿作个纪念，
了解，这么一个草草的局面，
大伙儿休整一会儿胜过追悼。

他迷糊着不想醒来，断断续续，
我们嗝噎的战友，尸水下流，
我们互踩至上的阶级，
卑琐，背叛，切断消息源，
顺从，愚昧，喜欢战后升官。
我们鄙视争权，但是夺权，
所有人的赡养权和抚养权。
因为照壁上的神采、耀晕，
因为您没有死，没有出世……

我的化外避难所里空落落的。
痴愚是一回事，两宋是两回事，
根正苗红是另一回事，文法斜刺，
也是惠近柔远的单衣。
媳妇怜惜生理，这么年轻，
这么憨，就像锡箔聚燃。
见面而归类，玛窦扩大机会，
神秘而可测而见到差异的实体，
测绘穷大、延宕的星球，
比喻——使眼波捕毛、摇晃的
太虚嘘黑，有了谅解的前提。

所以，直接之后可以间接，
山蛮隔绝以致神交，与析疑义，
心领内行的粗暴；模仿轨迹，
感慨造化的东西，已经可叹，
也就归纳是领会的升级。
山野的精干避免了无意。
“先生，皈依的将领们争论
信仰、策略和人欲不能配套，
需要哪一种平均主义。”
多么难得的蜕化，但是死亡
不但是平均的，不可避免的，
都死了，都也就交差了。
无其器则无其道，有其器未必——
贫雇之道尽在枯物之器。
譬如明朝，式样淡出材料，
上等土漆明朗祝寿的眉宇，
次要的现象，却是主要的目的。
我们太过注意膏肓和疡朽，
应该识别而且上升，研究来去，
只有现实是活人的利益，
楚地起来一个学派，湘江健儿
持久地奋进，幽暗才有大意。
现在，谁也没有分量，劳烦妥言，
老二，抱孩子去那边，
愚痴这份运道，我们彼此珍惜。

草人儿未曾站立谈何潦倒，
狷介的工作，省略登临。
谢谢，来说说话，平日，
只是苍蝇次于墙壁的背景。
礼物收下三分之一，果腹合气，
另外的带回，战士们，
更需要布匹，就当是回赠。
彼此彼此，倘使侥幸如同柏荫
流传坡坎，北国当知飘风南起。

2013，十二月一日于上海

五

我们一干人的步锤惊动了鸟类，
“干扰了它们体内的生物钟”。
谢客检查喜悦的地形，
湖河迎送散落的同门。
襄阳的一个半生涯平淡，
后生未有而有从命最难。

罗浮山是分流的理由，
洪水馈赠建院的木头。
友人，莲池之晶莹，
英雄缘，于此起宏愿。

平坦的进深坡起苍翠，
未来口号，胜乘法力，
净门的门槛——喜欢，
峦岭固然秀丽，念诵，
辩激，徒众一概稀烂。
络绎有情，有所免。

毛虫的虎皮
蠕叶柄到了枝头，
贪腐的架势
汗死
斑斓的家族。

星子镇的晴空。

菜园鸡都啄光，
婆娘鱼干泡黄。

接种的宗派耗尽元勇，深锄薄芜，
是时候透彻了，对烦恼来个总清除。
粪工参加减少秽浊，
我们揭橥绝对的乐土。

取代战的幸存儿没有一个幸运，
立足阔绰的人，隐逸的咂摸的人。
江南炽风烧烤着的万有的人。
请人，故地的新疆人，龟兹人，
信言或者粗粝，但经幽岫清纳
必将吃透、剔透其意，
楞翻和傍附一层层破了级别。
和尚深信，并因为深疑，
顿开或致渐行，当下，当下没了，
这许多塔，塔层上没有泡影。

我欲躺下作祟，
洗漱俗氛。
魅流的节律
淡然摧朽，
直到傍晚燃灯。

把它留下下蛋，
干椒炒豆豉。
崽儿，去门槛那头，
使劲耍勺。

陶公，你过了你的河口，
和尚未曾梦见和尚的西天。
这些坐垫中的某一只，日后
莲花开，翔向明境，
很有可能，是神仙的地盘。
彼此已是彼此，一样的误到着，
误会绝无妙处，每当现在
只是现在，浑身的不满和厌烦。

你当差得到奖励，饮酒到了意境，
和尚专思寂想，以为殊胜，
莫非是忘记一筹又一天。
留你干嘛，回去再来更有新说，
你在这儿，三苦逐一，磨蹭旧瘾，
远没有你的桑麻诗带劲。
你的船票已经是一部编年史，
听来凭靠着，真空越向真实，
而在寺里，向前而虚远。

这趟俏货，跑码头
多弄几个抵开销。
风险应付得了。

炉峰的滴溜，多少指示啊，
炉赤脊梁寒，多少批判啊，
总是行家指责行家，一个外道
勾销另一个外道，惧怕着，
可怕的自己的疯癫的裹胁。
嘿，来一大块，莲藕是投愿的
副产品，丝连着富贵。

他们闹腾，锁骨紧，
帮着捏一捏。
得空的话，打一点短工。

另一种人，到底是同一种人，
像刘遗民，相遇或可服膺，
发明你的凛冽，入山遂有终归。
或者，他未解和平的溪界
未止赞成谢客的退耕无力感，
其所有的弱点和无过示弱
和尚削发时与之隔膜。

老是外出烂污，
不在家里弄弄，
儿子都是我揍。

然而，盘坐有向上爬的局限，
庙堂里的等级唯我独断，
仍还挂靠存仁、枉法的规矩
仍还化缘维持日用的丰饶，
仍还扩建斋房，购置法器，
然而，都知道档次是簸弄人的。
几十号人，没有耳鬓
但厮磨净空，专职措词，
摆脱而又摆脱，澄清而又浑浊，
贵贱相等的咳吐的困扰着。

去年三伏天发瘟，
公母两头猪呢！

就在夜里，灭起之际，
看罢挂资、功德的数额，
根器一意弄人，金像放光，
似乎业报介于其间。
似乎恶贯叩见，入门立地
而考毕，而整个的转折。

怪什么，地也夯了。
崩脸，好乖啊。
你管吃喝，上祖坟。
念藏经，哭什么？

还未驱散的残片上的撞景
还未内控的焦黄的排齿，
念诵的拍子日记着憾事。
无壁既久，竟一一对应出
心地印着的更早的浪迹，
经年自解的魄飞点，竟是方便的
供养的白白胖胖的伴侣，
易时易地繁衍的虫子。

啊，僧徒这样爱着空虚，
旁证盟约的进展迟缓，
期待的高潮一再出现苗头，
和日日的期待一并消散。

芥蒂即大即小，没有其实的
忘形和翻转，怎么得了。
计较着专攻公顽的处方，
瘦身就是健身的极限，
说服所无回首的万万个喻言，
在每一间僧房流行的心事儿
好歹是个事儿，怎么得了。
道安允许借喻，物名的屈伸
曲隐着直道，两秦还未改变其
服色呢，遑论林泽之中的病因。
符姚是客气的，但浑家考古
以为的标本的灰烬，怎么得了。
在这样的夜里，掷泥池塘，
看见镜虚溅起的重重波圈，
夜云带着凡响，怎么得了。

虽如此，不敬五篇
皆非诞言，院内鼓呼
院外响应，牢固意在
护岔卡。
擎推住留的

要是你笑，我就坐老。
猎枪生锈了，要不
去打些野物？

荒唐拱架，
合理化、解眼馋的
流苏树。

就在夜里，在剿灭的东西
那些光晕和疵斑，
取道北岳，似乎是真相乱真，
带上腰酸背痛的惑困。
就在下午，又见一则假象
像是假释一样的兴奋，
像是念咒专治口吃。
夜里，梦游城乡和外界
一切乱糟糟的地方，
艰辛的徒弟，焕然地了得了。
香客、杂工们伸展一觉，
缘着钟鼓和鱼目，
原地踏步，大力车水。

昙邕腿灵，尽使韧劲，
——万万避开凶险，
不得落在歹人手里。
湖北的水陆，要么蒸发
要么抽空，老子天下第一
自由逞能，莫要东偏
襄阳直上南阳。
蟊贼抢劫盘缠都给了以后讨饭，

遇到秀才，失败俱乐部的成员，
立刻躲开，他们刻毒，下流。
钵可丢，用手
保住补丁里的问题！
它使盟友和我们
嘴不闭。
我下巴尖，颈没了，身材肥圆
包裹瓦解的情绪。

哎哟，仙人，
我们这就进屋，
背上开眼了
看见了异形演出。

什公，天纵无补理契，
薄地根浅人浮，不值垂语，
绑来似的。
您证见过，或者，
印度地界相较山左，
距离西天并不近些。
有一回发愣，差一点
投生极乐净土。
您强大颖悟，忽忽行止的经历
就像身毒的夹带，是如何
忽略掉的？您的尘缘
您的年纪，晚辈追赶不上，
您跳过了沥网的看法，
立法阻碍同行的执法。

困，我们比一比，
谁先困着。

同行近日辩论梦见的梦，
山门内的凡人庸境

证见预览图像，方块，
被眯眼刻薄小而逼真。
迎着铺来的去路，
佛菩萨遽尔我生，
在无意识的阳面。
确是实在的必然，必然
外来，否则困在心中
自相顾盼，神通
特指催梦；方法的苟同，
关乎真伪，终得一种。

远公，我一勉力的译匠，
白天在逍遥园上班，
白芷变回青葱，晚上，
应付十个婆娘，说说话
解解乏，却也是轻狂。
我生在漠西，所见蜃楼
或许是海东人绣的，
或许有个解人，唯独不解
我楼中的人来人往。
我尽量回答您的提问，
我是外来和尚好念经。
但是，在同行中间表演翅膀，
折断、长新，粗脱、柔嫩，
喑哑像是沉默，还又吞吐
火和针，在这里本分在哪儿？

我佩服您传递的殊途，
壅塞、感到总之不妥再说，
该叫信使赶路，有日子过。

三次一根不如一次三根，
三昧一昧比一昧难啃。
第一种扯筋厉害，眼耳接发
漫天躲闪的音讯，身若光线
腾起已经到达，重量地。
疑惑浮上脸面可以澄清。
第二种定力矫正视力，澄明
洗涤之，既有疑惑当下无。
第三种练习着，爱欲扯着，
见此见彼，解颐犹有过去时。
这个简便的规划
泾渭的三条走廊，
走到尽头的妄想。
这样，具有开端和分段，
和尚平步落在平处，
义工剪草沾边了。
虽然，梦是观奇的现场，
其显微的事体托大，
其不确定被高估了，
我们的每个会议都是重开的，
复制出自动的动人和不动人。

同一个目的把小有肝火的彼此
划分在错开的等级，译文喷点儿唾沫，
补充实情，使以为同声。

多谢什公，罡风渡江，
披靡码头和樯橹。
我朝向这边，这边是
分队的同一款式的头颅。
我们兼顾的加持的步态，
寓群形于梦状，唱赞
洗白的布袋的掏空。
环水之中，滴响的原子
褪去情滞的微弱的色素。
既是，因而承认，一颗遗尘
获得稀罕的交通的环境，
嘴儿打更般的翕颤着，
念名……忽儿入于定。

2013，九月八日

六

重修历法，改革命数，
今儿核验，调校错出，
昨儿的灵媒偏差，是追溯的。
对照桌上的表格和钟表，
齿轮的声音，锯木的声音，
年份、月份，对仗的声音，
气象越发机械，而腐人的评论
性别的客套至于狂放。
推陈二时，不舍的左右，掉粉的人群
和拉黑的块面，外行看得明白。
我们被崇拜的危害接管，
被活用的鼎盂，无畏的“唯一”和“较好”，
被特指的顽固的泰然，愚蠢的看看，
错误的路线和怕谁之类。

当然，沈潅想要上调，早朝。
当时，后世，反对派侦察的
阴暗心理，沈潅在下班路上
出轿步街时逐个检讨到了。
明月的烈照，祩宏去年还在，
打磨应战的小册子，过度润色
木鱼、蒲团，禅息其间，
山居最好，输是输了。

呆着，缺点儿什么，游客和投诚的
失心疯，心想着投靠山水，
自我还原就像投入花边新闻。
他们敲过泥巴，许过愿。

到南归时，怀疑完了怀疑时，
宫廷安在北极，就会皮袄
溜冰，破冰前去。
但在上调前不能小寐，上吊，
在南京，被褥晒干，条幅般挂着，
梅花一股腊肉味。
系着围裙，封酱缸的油纸
旋卷起一圈裙褶，
于是产生了恋情，海难合围到家，
忧愁的粗活，干不动了。
沉陆的潮头，恐怕梁柱
柱持的框架吃不消了，
来历的花哨的弹性出于海盐。

同僚们忙着开眼和开明，
估摸下水道，通风口，
当然，配套的白话的经咒。
1511 年，餍足了烤乳猪的葡人，
驾驶鲨鱼，撞开了马六甲，
海肌白花花的，迸裂落潮。
两京机关中风，搭配着山川

腰折，腿瘸，先进的、会水的太监
或者文嚅，或者武厉，宣示一下
法统呀，南洋的确荒疏，
可怜的满喇加王大概后悔，
岁岁贡献白的红的珊瑚。

当初，坐庄倍感万幸，
歌咏就是壮阔的荫护。
1517 年，安德拉德的舰队塞满珠江，
散岛上，垒木霉油蒸热，
政府鄙视远夷的破玩意，
酷似咂摸到精工凶险。
脱下沉重的军服，退守屯门，
他们安扎了；两年后，另一个
安德拉德被迫远，泊在东莞南头。
围栏、洋房和番旗耀扬，
炮管架构四方，闷了就轰一轰，
窟窿深阔，尖刻地搂抱，
这是起点，很难说，
有什么凄美的瓜葛。
潮汕、福建和浙江的水中弓
发射凛冽的反雨，香山，
为现代签字殖民的请柬。

我们的告急文书文字高雅，
编号定调档案室的安宁，

整理过的惊怪，有的加码，
但大题小做是维稳的基础。
文盲，吸毒，数钱，
他想，接收的人一直接收，
发放的人一直发放，不收不发
指感干净，甚至禅机。
他是柔软的，他的大儒，半文盲们，
亦深亦浅的麻木，是更柔软的，
张居正死了，管它覆城的卷宗
汇总哪些方面的超出。
浙江人相中太监，军训鼻子，
大多数人误会睾丸的作用，
神话，高级的回答，
司马迁的后代上当了吗，
做着生意，还是轻商，
鞭子是手合法的延长。

沈漼蹑步山影，临近陵墓，
呼吸拼贴的兽阵，幽昧，
烟灰色的牵引，见到晃荡，
几个小节，多毛的脖子。
他的手心捏着汗。

简报读出对立，四十年来，
澳门细如眼粪，他们砌砲台，
练兵，对付流感和过敏。

我们发展小品文，礼让，内急，
有意无意的文体，什么都是。
1517 年，西班牙人在马尼拉，
蚊缝间吧，眺见广东的楼塔，
大宗杀人过瘾似地，
杀我漳泉商贾过万。
他们见过世面，杀血，杀名，
吕宋，一块小的砧板。
越洋的、走运的一代苍蝇，
可悲地营养过剩。
我的眼睛是拒泪的器官，
我的帝国榨油它的人民，
啊，它的土壤可以重振。

求疵之辈吹我皮上翘楚，
挑刺的精细从毛窍瀑下。
洗脑、还魂的回合越是圆整，
越是切碎分崩，越是屯守，
越是觉察的主流的环境，
切合侥幸的独醒的心境。
下放南京，当年服用六神丸，
抵制顶替的孤家寡人，
去瓜洲尝瓜，但是晚了。
沈淮提扯腰带，拍摸兽头，
一会儿气喘吁吁，手格
拱卫的青石的铠甲。

贩子的惊恐的万状，是战争
[illegible]了妆，也是旖旎的自觉，
[illegible]粹合拍的巧合，
[illegible]的排他的说教。
[illegible]也，管风琴的呜呼
淘[illegible]罪孽，身体原来秦淮
现在，[illegible]民地的样板。
守卒点[illegible]他觉得不仅礼部
是一台[illegible]专的打孔机。

神州[illegible]回笼觉
高人[illegible]告状，诡辩，
他们看[illegible]的预演。
肚子[illegible]子，二手的花絮，
原[illegible]的对岸，说不定，
青[illegible]海沉船和弹丸。
我[illegible]的[illegible]就要到位。
[illegible]还算友好，
[illegible]不[illegible]图，那么孔武，
[illegible]领一座古都。
[illegible]时节，屿链扣上，
[illegible]岛的生疏。

蚁[illegible]一只蚂蚁，
如[illegible]，内应又是什么，
踩踏脏了鞋底，筛选双向，单向，

千斤顶尚未发明。
汉子赤膊，亲身肃紧的宽宏，
过去，去到工业的流水，
“老徐，我考虑你。”
但是，拔河的两全其美之人
不在绳子两端，不背靠背，
不扼脖子，不少见面，
入出东林党，不在意清场。
站在国防的立场，拥护
印刷地图，旅游和交友，
但是引进树敌艺术，
我的钦佩有所保留。

奏疏连上三道，民本、政局
和法律，三方面陈述，
遵守批阅实际的大度。
他是他扮演的屏风，
屏蔽进步、重围和是非，
每晚垮掉的穹庐。
沈漼，孤绝的恶名，
从久久的沉默领会默许，
蜷缩到油灯的黑面。
老徐，在这个前夜，俺俩谈谈，
借胎和怀柔，振兴和概括，
究竟兼容与否？
不是出口反对进口，进口的

否定的方法，是把类型交给过程，
不如坚持内耗，闹热的家庭。
虞师兄等，更没有想到，
妻儿保障供给侧的焦虑。

于是，提前公布查禁日期，
王、谢率徒日夜藏匿财物。
差役敲锣打鼓，搜出些符号，
够了，侍郎攻击纲领，
逮捕仅仅为了驱逐。
他烦厌洋人的姓名，
知道是一次性的蒙冒，并不设计，
他暗喜后话，语际的隐身衣。
不像部里的体统派那样讲名，那样
端着，他拿远方试一份脾气。

沈漼估计过后代的震荡，
他记得白莲教的棍棒。
防范荷塘的白色，
别人和自己一样的巧舌，
亭台的游戏，便民的类推。
耿直的龙华民长老，委屈了，
开一个特殊的先例。
深奥的大明律，在健康方面，
你们的籍贯是你们的避免，
别以为法律抵御法器。

你管不了，谁也管不了
永久和一世，这时，这一角，
采取法外开恩，并未剥夺
你们没有的体验的权利。
到你们的据点去吧，
你们把天津捆绑扎实了。
利玛窦的渊博，多好的伪装，
你做你说的，使你们的冒险
传递你们的衣钵，尊贵得多。
遥远族类的平权定可再议，
门前阶梯更高，分析更透，
现在，本地人后用先机，
折扣一点闪失，省去一些勇进，
已是事后忐忑、周全的智取。
逐流之舟，乘客寥寥，
你们举着牺牲的旗帜，
还有远地按需的拨款。

再见，舛途保重，路上挨抽，挨泼，
当是必要、禅对的礼节。
制止刁民的增配，人道的工作从无效果，
犯小人的时候呆坐。
我们的牢房阴暗，狱卒下手重，
我们的经学区别百姓和畜生，
掏出了一个无底洞。
对待洋人，他们高看一眼，

高过柔远夷的远视眼。
这不公平的、好客的、享受的一刻，
迟到了，矛盾落在地上发了芽了。
服了泻药，但痱子，顽癣，
望远镜、远见和黄盖，
伤口宠养的窗口，拉稀排除不了。
你们在上海、杭州隐藏着，
隐藏着，消化着，基建着，
北京，宝贝在一个博物馆里，
国家出品的博物馆里。
口令，追赶痰中的淤青。
他是识相的，窝囊的，
他是他咽在喉咙的，但是，
你们阑入都门，你们来了。

朝廷就是故宫，纾缓神经官能，
无奈的跨党派组合、罢官，
加重的糖尿病，小、亮的念珠，
细、松的盘腿，看开的隐私，
就只一袋公事的清规。
赶走你们得意但是失意，
推水，挑脚，理发匠，卖糕汉，
流边，充军，拉纤。
这样子鉴定的乌合之众，
这样子修理的聚会的人种。
龙华民，现在只有时间，回想起来，

你的理论更胜一筹，朦昧靠上图像，
担忧什么？没有朦昧一说？
恒产延伸的权利，教育的权利，
确认卑微的意识的权利，
投保、五保的权利，被出卖了？
当然，是精英中的精英，
命令豆荚分娩，磁铁分娩，
导航大众的猜忌和牛劲。
操练澹然的内奸，或先或后解职，
被同事避嫌，加长晨练，
慢悠悠打一两套太极。
你发掘，你犯怵，你为呆滞，
配备了一把煽惑的万能钥匙。

话说回来，博览使人淡漠，
研究使人如果回去南京
我们的“教案”不必可逆。
天下之大，籍别的优越感，
负疚感，黑点和亮点，
逼迫空间常有耻笑。
你们重视我们，军舰我们，
但是，底层一再降级，
老乡得信点儿什么，唱唱，跳跳，
但是，渔网拉起了哑弹。
呜呼，高洁的师父和师兄，
隆冬干燥乎，只是朝纲封冻，

这里，猫鼠商榷着甩尾巴玩。

2014，一月二十日于上海

七

时虑弥合衷情，神意初申
简直莽撞，洋流样的黄种
宁绕墙。

河豚正在出游，梗阻中流，
桥头上黑压压的，挤进挤出，
观摩一场兄妹比武。
面熟的侦缉和画工，
经历过淘汰的说教运动，
了解特征、意味和劫数，
就一个步骤大打出手。
因为目的确实不同。

务禄，抱歉，兴致盎然，
由于这个笼子的做工，
想见到了魁梧的木工师傅，
和更魁梧的代入。
显然，他体验着我们的体验，
你看看木条，凿、刨的掏幅，
转而批判了法律的批判。
再看看，冷淡的工艺，
这些横块、直条的局部
被一份暗许充斥，

平面，分布因为的隆实，
榫接交叉的手指。
严密的囚具内含着装饰。

都站成光线了，日浓夜淡，
云朵的角度一一量清。
离开的路途，静观押解
行路人和服务员，领会到了
不做费力事是多么费力。
在此期间，既不属于
引路之言日多，也不属于
走路之人日减。
腿肿大海似的起落，
日耗进口量的一倍。
两个押解，强忍温度和制服，
代受结合部和交界处的鼓励，
没有意外，被风景肢解。
就像西营街的杂工，受洗过后
收到哪些方面的福利？
不然，确有运筹诈愚嫌疑。

不然，沈潅应声，精华地震，
被精简的仙官抗灾复位。
楔入也是白痴，也是脑子
敲进了钉子，西泰没有疯吗，
像孔夫子那样因应材质？

教忠教孝的课程，参赞化育，
克服不过尔尔的面具，
反对油彩之类，不是吗，
为什么，赞成南亚的精油？
所以，诔颂的浇筑扞格，
字石、字木的托意，和泼妇
抛弃所有的远虑，
仅仅是施舍的还愿故事。
使徒痴呆，要么癫狂，
德艺双馨之人，居然攻下头阵，
饱和着绕道扣留下来的
终极许愿的终极模型，
痴呆在此，同意而且执行。
道兄，如此疯狂的凝视，
干瘪的果实容易滥情。
重温南方遗风，在北部湾
悟到的中部以上的便宜，
精华粉碎的、诚实的猜测
省却了侍郎宽大的严惩。
礼部官员人类一下，能够泄露
“蛮夷”二字的形象的天机，
恻隐之心未解寸进之理，
等待同类人倒霉的一天。
语言的人，走板和失语的人，
徐老委托改名回来。
被隐曲奶养着，彼此都从

地窖摆脱，由明转暗了，
我们是暂时的，有所思的，
躲开但是使用，光学的焦距。
审查科技的时候到了，竟成了
救世以致救人的神器。
侍郎当否即否，给留下退路，
盎背而佩服，我们做不到，
反而捉襟见肘，以为正道。
徐老的眼瞳贴满等式，
侍郎调研处境，寄生在
他眨眼的当儿的软体。
朋党的匍匐贬值，浮文和寇粮，
旁边和对面的现状，都是
我们熟悉的贬值的情况。
与阉人——古老的人，未来的人
——结盟，平行于无为，
钻探，转运，沆瀣一气。
不娶不论阉否，我们洒水
太监及其服务的女人，
之前，心脏顽劣跳动。
森严、同步的侍郎，抓住要害
失去时代的侍郎，
我们也曾经经历了改朝换代。
所以，你的羞辱是温存的，
你馈赠的苦楚是甜蜜的。
你会当北飘，但必南下，

谢谢，馈赠我们南海双程。

务禄，壮实的葡萄牙人，
小病装大病，配合杖笞表演，
达到了打倒、豁免的效果
拳击，暴风批脸，
波浪推搡的泰式踢踏，
吐口水，拔毛发，
像我们暴寡佛和尚。
到此，记起西泰装扮他们，
攻击他们，他们依赖遗忘，
花拳绣腿——他们的科技
——抗击我们的科技，
说不定，盘坐在蒲团上，
远达远过我们的远征军团，
深入深于派系经营的地区。
到底，美丽的方式是迷人的，
在林丛、塔穴，脉脉地拿捏，
怜悯头发间接的一切。
我们做发套生意，
油亮结痂的条索。

斟酌一个人打发两三个时辰，
我们快到了吧——给枷成
他们的理论家，两根瘀紫的
烤串了——理论是科幻的，

要求一个假设的母亲，
再生产一回，多少的虚实搭界，
需要一根多大的试管，
共同的流产、早产和难产。
闲扯没事儿，跺脚没有停过，
智障提升到了巡抚一级。

道兄，默修派很合心愿，
但一些穹顶在城乡冒起，
加之老大难转型，一开始就在
精神的撕裂期，使命有耻。
他们的朗诵搬进山，厌恶占领
世界泼墨、高深的半边。
至少，做个城里人在郊游的
弯路上，咀嚼自然，
并同相依的胸乳，顺道的犄角，
投入优待和歧视的某个方面。
我们行不用脚，错在享受
身份的对抗之便，我们就是明人
有着明人的嘴脸，白内障的白眼。
用囚笼的和制囚笼的，一样
指头充满视觉，连贯着。
他们的一员才能够实修，拉纤汉子，
辩道轨辙的官吏，差不多的腰姿。
对象化和偶像化害死人，
是我们有死，我们不病不治，

是这里的人，不在反面的日子。

务禄，Alvaro，你被乡愁的
问题版困扰着，我半夜咳醒，
闪回都灵和那附近的小镇，
每次都在同一个市场迷失。
我们家有钱，学这学那，
海啸、瓷器和烂泥都有意思，
天方夜谭、神州坊巷志，
旱灾连着涝灾，以及边境告急，
主要是人，对所有的搭配好奇，
比起哲学训练瘟疫——
去年，禁了哥白尼，审了伽利略，
好像牢房就是他们的原因。

去年德川家康死了，今年，
我们的兄弟在海滩散步。
去年四月 23 日意味着什么，
莎士比亚、塞万提斯和汤显祖
同日告别，古戏落幕。
或者夺权而郁闷，或者行善
而取笑，或者熟悉的柳絮
挽留歌哭，几个人抱着自己
繁殖，做梦，继续但是改变了。
传奇，但是问题的传奇，
死，只是死，诈死和伞一个意思，

吆喝和哆嗦一个意思，
袜子和销售量一个意思。
务禄，这里完了，只是失望了，
我们，是绝望的种子。
徐老在他的衙门，推敲胃疼堡
路德的纲领，他的塔上扩胸运动
跳楼到了精简机构的层次，
关于封建，我们比西泰尖酸。
冲澡就好，当年在果阿那样
泡上一宿，你会唱，
来一段游园惊梦好吗？

我的地旺在北方正中偏西，
那里崇尚臃肿，不会与乡人
构成太调侃的对比。
那里没有竹子，那一次避免排挤
那些人跳格子，水牛和黄牛
踢蹄碰撞我的椎间盘突出，
它们的弯角顶一蓬石斑竹。
叵测的空心的东西，告解室里宵熬，
当眼眶和眼珠是空的，
地方沉黑的图像分解，跌下，
重组出现虎狼的良种。
那一次，裹着头巾和围巾
在秦淮河边游走，迷失，
画舫来来回回，直到缭乱的晨光，

温柔穿帮文教的体量，
钱谦益说，他的头脑是空洞的。
我试过罗马的伟柱，得意洋洋，
赴一个酒会，我吐血了。
务禄，你通晓蟋蟀和蝴蝶，
搏击和幻化的典范，
你同意开颅和切腹手术，
就是说，移植器官复活，
不然，似乎是停在低端浪漫，
雇人异端，而从事说服。

化身木条的剖面也好啊，
你呀，放下团扇吧。
人家海誓山盟，我们不沾油烟，
与反动派的摩擦清清淡淡。
人家畸零和敌忾，早晚相投，
匹配一个乌托邦的习俗，
而顿足博敏，投江如故。
我们依赖再现的牺牲的时刻，
他终结的极限的全部感受，
死，只是死，一个亡故。
务禄，南方的蚂蚁这样咪细，
毛发当作窝，恋恋的爬拱，
它分段肥亮黏糊，要产卵的模样，
随大流的这一股，扭挛地驮着。
等到这个旅游假结束，

努尔哈赤的辫子也就编完，
据说，他在马场里工作。
参详黑白，黑龙江到吉林
到处招人，造弩矢和钩刺，
他要来霜地上举他的头了。
明人，但是不装糊涂的明人，
但是，灰浆已经搅拌蛋清。

听来，就是兼职的间谍，
你也趴在运河边统计，
两个时辰，三百艘货船和春船。
你回去欧洲，发一批钟表过来，
官僚们的时间观念，不是利诱，
太太小姐的恭维，不是贪图，
其实皈依寡味，带着内疚。
你的欧洲，你的夜陆，
回程之前和我北上一趟，
你更懂得这里，你意中的地儿是哪里？
除了有人认识的地界。
两广江西，江南山东的城墙，
张贴着我们俩的图形。
献身真是奇妙，分配到的
基本上是愿地，我将终老在
山西西南部，河山的西侧。

按山东反画的一幅山西地图，

苍峰古树，葡萄架下西瓜，
蒙古的沙尘卷着驴滚，垂示
大多甘洌，隐士住在粗浅的崖洞。
实际也许调皮，推测的地壳
也许是预报、约束和瘾。
都会一点皮毛，山西顶多算术，
要让太史公脸红，即便杂耍，
在地忽焉真切，信仰的世界，
身体的组合，做一名护工行吧？
嘲笑吧，囚犯许可天真，
批评锯声，许可绛州煮草药，
你的火焰动摇，降温你的坚定。
是禁止许可的福利，
你上欧洲的旋梯，袭迹潜消，
掐住谋谬的怪论，排异的淋巴，
我槁朽者也，就像天台僧。
挣扎啦，秘镇啦，听其自然，
天空空啦，房梁高啦，
茅屋亭子周流陋习，听其自然。

分别在两个笼子里进行忏悔，
这个笼子好像舒适一些。
嗓子疼，外语常常断线，
这一段同住行，倍感吴语
帷幄袍谊，平添的工具——器官
或乐趣——也是额外的间离。

看你像看天花板，积雨云，
坦诚的意见卡在喉咙，
梭子蟹的黄那样的稀生。
道兄，你榨干了你的麻痹症，
告解解闷，睡够，醒够，
住店和露宿的记录，次序有误。
我中耳炎化脓，纸白色
成了尿黄色，没完没了。
响应素工的墨线，汲汲乎
指戳与印迹巧相应，
两个押役，下肢被囤积得苦，
走成动作的黑泥，
不只乐观化成这点儿趣。
往日斗狠，未闻而信从了吗？
出些真的幼稚的题目，别老一根线
切几段，一个点辐射周边，
遵道什么，群山填满一天。

广州过去，澳门尚远，务禄，
闻闻香，你一身龌龊的囚服，
我革新的本能，舍得你。
枷锁制造的两个人一条路，
捆绑的交情，无尽的漫谈，
一个空想和监禁的交换。
另外的路也在这条路上，
在独桥、十字和钉子，清洗

和呓斑，那些悬浮，认输，
那些条件依赖，识读的琴谱。
是衣冠的支撑倒下了，
不是莎翁等人和吠日月的犬。
锁链至此，恍若隔世，
诗云：“打倒异教徒，
捍卫救世主。”这些，不是
周全的侍郎的赠送。

两人不再说话，看对方。
像向穷人募捐，羊毛出在羊身，
慈悲的挤压和推搡。
不再从虐待的块头，
听要命的，枯竭的回报。
但精华疏浚，计较泽润，
自从离开黄河滩，脑子一直挖沙，
想一个孤儿手里握着四末。

2014，九月十九日于上海

八

贫涩不能出门，乞几升米，
月初中外邪，昏卧五六日，
月前星宿失位，莫辨其兆示。
详告：所服何药，已服几剂，
近来流风逆向，反应剧烈否？
值此凋敝，耗空剩友的怨忿，
箝口既久，掺切薄余之语，
精神四射之时，念及而已。
你我衰颜暌隔，谊情酣然，
兼苦师范的杂耍猛进。
信件早该到了雁门，说不定，
儿子和劣蹇卡在雪泥中呢！

如同沇水三见三伏，不清楚
是吞是吐，猝别像雪崩，观瞻
而短促，像半夏可以法制。
挥师芬芳的陈茶垢厉，
排除染料的万窍怒号，
堕入幽晦的极高和极深。
到你的肝，成了你的肿块，
你的胆汁，你默认的黑因。
宋腐未知浅妙，花林的碎片
梳妆你，埋你，坡坎起来一峰青。

啊，二十岁的腰山和答复，
“在你的胁下，有求必应。”

落在寡母和眉儿后面，拖带他们
踽行太行峦峡的残栈，霜红点染崖嶂，
腿沉而项上云蒸，天色揭破、闷住
物性的发作，都领教着
托爱的无期，行行而又混沌。
你跨高门槛，养长辰光的鸟嘴，
啄你盘活了的铁甲身。
果真你在，任老小涎脸混球，
拳击绣虎和窟窿，包扎
逗笑的鳞伤；你鸢飞、鱼跃
冻疮爪住纸船，主要是，
代为招架蛮缠，骄堕了
两个年代的惹祸的手帕。
是你，细雨杏花下，
招待客人，宾主都过于持重。
没有清单开列的都是必需品，
清早的内疚到了晚上，比仁君，
鬼窟，客字了得，仅此一例，
为了你，客人把异端当作利禄。

思想的乌涂和自得，如此可怜，
老家伙在两朝找地和人，
平旦钟响，见到庐墓扪虱形。

到峨嵋、滇池，夜歇琴台
筇支，到一切想到的地儿，
天山顶上和莽撞的青年练剑，
画一套招式抵他们的租金。
在闽南滩涂和老头辩古，方言里
合葬的海经的怪族，湘赣游子
考过的骑猪，所想就是所害
枉费牙口，二十年一晃而迟暮。

吟叹，做梦，镇压肩颈痛，
胶柱鼓瑟，咋个管控，
浸蕤仁汤，脑瘫碰准十字大亏
和尚依附著名的龟儿子。
抢救先生，所悲者奔窜着，
老杜代鸟鸣，碍于日暑夜冻，
五百年来两行正义，孟子的，
彼辈恶苛礼，镇恶干嘛，
愚忠拖沓，也是迅雷，朝廷
沉溺厌食症，维持饥饿感，
没了——贫则怨人，贱则怨时，
没了——那么多人玩亡国恨，
我一女孩子，两言发泄肝肺。

性史竣工，村口灯亮，迎迓人
往睡一市神鬼，嚼齿终年凉。
忤逆的解码，解脱了，逆袭了，

袒露的经略的言谈，绕开项目的
揣摩、忍着，少了兄弟的津润
和繁琐，少了你在的制约，
成套的身姿，熏喉的烧腊。
眼睛播放存储的图片，播放着，
修着，春绿的解恨的酒意。
谢彬造像，亭林跑路，同游的堰滩
水流旧日影像，我们偏信的某人
同时出现在一百个现场，穿越
到他的年份，我们按摩助他一困。
练你，练孙悟空的猴毛，
打假英雄和他们的豢养者蹂躏幽灵，
你的病历出没着剑仙和侠客，
近视所见雄姿隐约，妩媚者多。

报答蜀葵，按捺穴位，
南国岛夷诋毁末伎的小伎，
包含有调整的犹疑的慈悲。
思痛而痛，是病危嘱托估摸，
汗一桶，腹水一桶，
仗着假定的基业而假定的
流动的轮廓，缘泽而起。
三十面墙壁立，知其何来，
合拢的趋势，鲜艳加紧的
春秋双至，炕席香也。
该早一点改进五福散，堵塞墙洞

回防半山桃花，扫地上砒霜。
床沿震颤着，两代须眉额际流弊
流淌王学（不能北渡）的留白。

割让荒陋，拆卸或是全真，
住留频繁的边境，儒家不济事，
凭吊更作滥竽，翻修都门，换匾额，
蹒跚地比划，巍峨的准星。
马白马非，三分之后顺便是人，
他们抗拒，抄底谈柄自揣疚心，
鞋底和袜底踩在一块儿，
离而非离者，独而已矣。
你给注铁了，给榫牢实了，
竟然成了他们的派出部分，
万死的结果而不是原因。
故人无故，像庄子淹没公孙龙，
未曾焚琴，坐受崎岖抬举，
他们作客怕会吃醉，醮混碗里的盐
和素果，像讨饭，深造气节。

老母在膝头，躬着老鼠样，
她请匠人打条石，砌一座阶级，
相同于远途的上下和斗死，
频饶舌，捶她的背。
她的老公和父亲，同一股悍戾，
细的树枝抽粗的杵石，

阳曲、太原和这里不了了之，
入室慨而慷，出户一晤即回。
荆棘的体态非议朱派，
也是鄙陋的雨后虹，妇科的
丑闻和误诊、失败的案例，
妄想天人一变，身体暴乱。
苍白男儿这样杯盘，借得崇高
激扬的口沫，养精神和不专，
圣人们说“酒肉养痈疽”。

腐殖的地气恣欲悦色，转化苟且，
奴儒毕恭毕敬，祭酒、祀品和乌有，
阴界的装修标准大幅走低。
你死的时候难看吧，我没有看，
两两痛恨，彻拒最低尊卑。
像是工夫全在藐视权威，
攻击亏本，我们家破人亡，
妒忌你啊，化作尘埃，或固定
或流动的婀娜，随便什么。
你瞧着卖力的多动症的花样，
你就活着，在每一个网眼望星空，
展开掌指承接滑闪的幽萤子。

药草经纪阵发，河湾歇息着
号称孤鹄的部落，坡岗的松林里
蝉蜕干枯，村店生意兴隆。

就这么支起下巴，自觉苦辣冷酷，
晨雨下午急骤，蓬藁抽搐，
晋地见到山洪，门窗挤爆，
家里地板和楼板有用了。
床榻靠墙堆摞，你山居之后
家里没有扔过什么，废尘漂到
西厢房，那里矮些从未洒扫。

每当回避北沟，下意识地，
避免医生罔测，牡花呀，
梦见故而没有觉知，下意识
种子在那里，禽向芦芽，
那个暗无天日——你顾着拉绳，
乳房发紫，此前屡屡委托季节
推磨的峰值，附身的联系。

拘泥地，三年一回探访破菴，
中计真好，望族和小户搬迁，
他们的圈套中有个目标。
瓦片仍旧点缀落碧，灯火高低，
格致地，布置墟垒的墨团，
空房渗着黑灰，像是脱落的
刺字，更像是跳梁拉稀，
炭区地陷，灾后的毫厘的货色。
村风仍像过去，无师自通的心情，
佯装地，挖掘地，紫黑的筋脉。

黑工敦实的笑靥，衬托着
寺庙的呛烟，但求“美一睡”，
不只是由于你，求之而可得也。
想和你说说玷污，缔造的英名，
毁灭和蛮荒匀称的瓜分，
入主的空洞，块块和带带，
自个儿叫卖，自个儿筹借盘下。
我们的儿子节省，偷懒用巧劲，
一走了之像是前辈，话也没有
多说几句，聋瞎人的禁苑，
暴躁舞象，而教士续尾。

为了安神，刨老木的节疤，
往事都是惹事，也是亡羊
整改的穿插，枝蔓的漫画化。
就这样，担事但一窝蜂的否认，
低啸熟练四声，锱铢忍辱。
高一志又到南京，绛州，
韩霖紧密依傍大头颅，不像
残客壮气黄土的江湖，不像
蜘蛛斤斤于驯场的拴柱。
医生错了吗，藐视复生的描述，
挥别陆沉速配的条件，
钓鱼得到时代，清用元的戏台，
本子规律轮换，（没有跟着，
瞎摸）抹黑的根源。

那时，等在洞中，卵弹高调，
晋祠的水雾和浮云雕虫。
脚下铁砂滚烫，我们识破
我们的谎言，身体收不回来。
目的不是观光，所以筋疲
系于死理，民兵顾盼而散开。
永世的雀斑，贴着冰坨，
坐行九万公里，确定天空
受到南风，——诸友北伐，
经济下行，倒行到南岭化水。
我们止损，就像从未叫停招募，
义士们从削面到削面，没有失身，
没有灼见，就像当年越狱。
为霹雳道歉，嗔烈之在沟渠
和新断的碑，喜与晃驴之牧。

河道改绕山背后，再赐艺名，
贵人，谢谢你的青春提拔。
这一回，来你打还的草沼
陷下到腰，想见你的银丝。
是前朝的遗憾，上楼台把阑干
佝偻到背面，荒旷里边际奔涌，
面对缠绵，傅道人疑心
河北可喜，贼穴中有吾宗使君。
歪歪扭扭摸到邻村，青眼

调节的山水，猪肉炖白菜，
我们大笑，嚼阿胶和杏仁，
果腹如同恶补，物质主义的毒素。
他这种人身价高，生高价病，
便宜和不花钱是重要的和最重要的，
谁扭捏，粗俗，真真假假的屈辱
谁温吞、逍遥，喜欢给平民号脉
孩儿走在前面，走吧。

山围的腐叶给我们联络着。
太行塌方，埋掉了一只酒壶。
挪近明处，你看看，二十余年，
拮据、清爽，你的影响的回旋。
向着共同的洞穴，将就计穷，
弯曲起灰的折线，奋勉和泪拍，
邻村踏春女儿的弹步。
曾和山庙橱窗里的凝流
协商低深的平静和平等，
但是，被等着的稀客的期望沾染，
在推门把手，自作聪明之前
给你差劲的部分送葬，
提筐野香烂漫，显耀一年一垮的
抖抖索索、拉拉扯扯的几笔，
也许，具有报酬的灵光。

暮色嘈杂，激赏着惧怕。

村外的妓馆验证一与二二
之绝交，街泥被豌豆翻滚。
到家三盏新榨，山东的幽民
往芮城北上，承包我的余暇，
鉴定腐闲顽耽的奥牒，
迁就担版遗漏的凄惶。
迁就来路的吆喝，你起音的
生存的政变，搏斗，又如何；
永世的娇妻啊，思念这个抗战
贵在夜袭，彩排峥嵘和缤纷，
无人的驱逐的快活。
言谈刚猛，并未传达本末，
你养育的青山比你还要软弱，
这龙华寺的奶酪，其中有雄飞，
你的怀孕，你的诞下，
你的无所不知，提来供你花朵。

2015，二月八日于上海

九

适龄鹤向桥拱底下放新音，
千磡捶衣的娘们提了提神。
石户，暑酷和戎装消退，
你闪走坟茔，步震破静，
跟上你，今儿到哪儿都成。
鸡入埘，日之夕矣，
江南一事未了，怎不剧饮，
代访的苏杭，你也顺便讲讲。
伴舞你的喧闹，你看不见，
在这轻飘，捶捣绚烂的形状，
给你追演念中的飞扬。

是的，“女真一饭二年粮，
百年休提惊隐，才子佳人
哦丘绿，细抠太湖波浪。”

谁来看你的盆景，你这一去，
茔间的徜徉要给你一个交代。
但勘查蹊径，军事的校订，
掉头的世界摔下一笔国债，
偌大的生意，从何讲起？
几个联络站的暗号和夜晚，
可靠的情报送死的勇猛，

以为他知道他在做什么事情。
南京和昌平，那么多个回合，
冢祭和算度，都是绝笔之求，
楷模们重合在难得的身子，
疏漏而增改，漫漫吹胡须。

他割下他的脸，拎着脑袋，
江阴的阴风和昆山的阴风，
连绵而无缝的围墙，首肯的围墙。
我们吓得互踩脚背看江，
别样的清闲的光景，铺展的潜鳞
如同短信的跨节韵，迟端上的
焦糊的生煎，是很魅惑，
很满盈，很咀嚼不出味道。
如同我们三脚猫卧过的名山云，
只是泪眼之作，伪证的指印，
大喊大叫大体认错了是非。
我瞳黑环白，自然白眼为本，
我是我娘也把我抱人，
似乎混淆较少，又便于夜行。
我服务过的将军大爷，我一眼就
跨过他们脸上的江山的分水岭，
标榜海门一带潮鼓上岸的角儿。

帮你解开旌旗，帮你从
麻密的拘绊，腐化的岗峦。

天生红颜，你独自无视运河
北航三百舸中之一，
覆水，载着的懵懂啊，
你的画笔鬼斧的瓢泼。
但是，天各一方之际，晨曦
和云梯，虏青苔在墙角，
散架了园中园的结构。
坐拥一头游丝，却爱用腿，
跑得晴川尘土一撮。
寡母饿断的日子，不是相称的
情绪的日子，没有对的日子。
我曾少壮，但你的少壮更加拼，
凭靠流水席上的号外，
缺斤少两的狂草，那些惊怵。
此其时也，重点从头来过。

归妹，朝代之流利的教唆，
我的幌子是我绣的，我带过江南货，
苏北货，山东货，山西货，是举遗民
盈利的方面和幅度最多。
迷路错过投机的时机，
地形挫败的战争本来要赢，
阴谋的下一回合还没影儿。
哪像王僚上身，瞬间的专诸，
那样的财资的笑谈，
操守小小的不动产。

然而山东诸公赖账，关塞的凄沧，
环节其间，稷下地段一片起哄。
这是误会，呆在保留一切
嫌弃的地区，为什么负责？
尽职不是杖下开恩的理由，无论姓甚，
南人在南地生霉，他把别人的活也干了，
江北、河北和关外其实一样。
山西的短笛的吹孔滴落着水珠，
壅塞的乐音嗡响着，阴吐着，
窑洞里，清晰的规则正在出笼。
也是蒙在鼓里匡时，也是未违雅志，
借记的未来的拉力，
将要淘汰标榜的知识的假正经。

若论出身，回到鸟和鱼，
江村二三读阮籍。
稍稍剪去鬓毛，倒腾古代
好的西东，当代必要的东西。
在荒山深谷，碰见一只虎
在吃一株灵芝。
但是，异俗可以同流，分流可以合污，
标的或者四五，周转的条件可以商谈，
之后可讲周济，楚人放眼之类，盲流幽燕之类，
学问改正的由来和隔绝开仰止之囚之类，
金银花带到那里和饕餮地皮和压箱底的当了之类。
数十年的摇荡的关山，今宵，

厌弃了心领神会，
光头，赤条条，归去的妹儿抵押了。
有时，你坐货物和简编中间，
有时，你赶骡马，觉得吗，
代为应付楼堂馆所，和保质期
骇人的退货，奉陪文泛区的盐碱，
不毛地带的凭吊的穷酸。
过野漠泥裂，随口清浅杨柳岸，
慢动作的捶洗和呢喃。

归妹身手，当得起曾经的荒径，
唱那样的高调，患难中纯然的丑态，
啊呀，念你的口诀把你浑抱。
杨廷枢，陈子龙，何腾蛟，
还有钱谦益，东京旧人，
迂疏之极，感情敷出竭力之极。
想谁就是谁的牌位，就叙叙旧，
你莫当真，乖乖的当个死人，
自言自语，或者是谬採的。
啊呀，空得慌，或者在等后王
其祖先是你家邻居，正在交易，
交际，或者兵败，删裁宋史表。
何不一块儿衰竭，按揭了
你的灵犀，写给你的诗
全都夸大其词，江南遗愧云云
村市笃定的唇齿云云。

你不能挑刺了，怪乱和谀佞，
托大的丹心，向阳的需遮挡的光彩，
受用于你，托付于最大的加持。
但是，包络着你的闷瞒，阴淫，
包络着钱谦益的反侧和高举，
包络着浙东的米白铜绿，那锈，
包络着黄宗羲，在山脚瞄准凡人庸境。
船上的伙计煮茶，见世面，
先生，码头上没有人。
他下巴顶你，闯荡方圆二百公里，
钟山附近，南溪附近，
海防石镇附近的二百公里，
求知无人搭理的地方的附近二百公里。
何必汉宋佳例，这次掏底，何必朱子们
把天下扛进山区，夹缝中的行人
何许人，何必撕扯他的视野，
和尚们的视野，见到料见的一桩超胜。
啊呀，明日的明日，从来如此，
今晚间猿鹤相亲，可有以救之。
山西的人挖坑，粤人揭海的盖子，
你以阴曹的松口，来评一评级。

请你尽兴，没有一个人的生存，
没有一个人讨来另一个人的生存。
或者，没有两分钱一分货，时过境迁，

或者相反，没有真实的国恨
寄托于没影子的来者，到了这个年纪
才记政事，调查经学的下乡是嫌晚了。
人在社会上走动之谜，
划分为开发休戚的方式，休眠休矣的方式，
暴露出艺术家一旦出门最为粗暴。
哪怕，现实到了一钱十货，
哪怕，器械镂漏，价格过甚，
我来告诉你吧，两步之后未可预测，
深院的操练，包括了粪泼面之类。

画师，请检阅华阴的坟包，
这满阴沟的荤腥。
湘西村与推仔楼没个比头，你，
来碍事，他日撤离拨反的枢纽，
陪你渡河游晋祠，陪你往东，
去看瀛洲的幻灯，白昼的焰火。
现在，自便吧，炕上杨帆，
炕下狐狸，二分左右，
就像刚才，湿地的青烟缭绕出去。
哎呀，你姗姗来迟，没有迟到，
鸽子停在你的袖管，咕咕叫。
归妹袖来河浜，太贴心，太假惺惺，
正如一湾腰臀，过于生动真切。
我不坚持就挺住了，水乡的波罗蜜，
匹配摸索金银的传闻实乃续缘。

独创是抄瘾发作时的主张，
十四岁和你入社，恰似后来
贬在南京写作诗，旗开与落败
像孪生的钱粮，晚出的选才，
残忍的自虐临近创新的水平。
话说回来，指斥的技能
并世未见更有甚者，拧干的章目
像帐幕的夹层一坨一坨。
我搞夜摘变得狭隘，即墨一案，
加重艺林的负担，所谓井中心史
纠集赤膊的单干，比不上革命者的抒发，
故出的牧骑，比不上随钱
望向流失的拖延那样景观。
是你摇出来的桨声，你弄影出场，
是他下卦为震，为了病妇，
为了邪恶，为了青衿的坐标。
而我在这里无聊博考，度量和升降，
震颤于“彪悍斯言取之鞭墓可也”。

妹儿，你何必取笑，秋毫这个传说，
传说青主，配合一个投机倒把分子，
做了一台金融手术。
他们两个杖策，不断忍住，
规矩的，阴魂般的强诱，
可汇兑的屁股，让三百年后的红眼人狠抽。

我愿意是他的化身，以童颜和完肤
享受很久之后的道骨，那时有人革鼎，
彻批资本，他给纸老虎留下一首弦歌，
但是，他在侠义小说中勤务飘忽。
归妹，券事罪恶深重，
杀土，腿长半截凉，传颂声
校准了一点儿，自以为已经风骚。
至于遗孽联盟，广泛的虚无滚利，
要转手下一个世纪，下一个星球，
要叫时选的崽儿代言春和秋的春秋，
并不特殊，气旋枯井、闲来担忧吧。

俊俏的游魂，这么古庙雪天，
这么捕捞柴禾热冷粥，
帮读仆夫持得的尺书。
还需邪缩一时，成堆的案卷
要求控税、放量，群体供奉群魔，
这个默暴，那边放债与官，
这个抄售、烈为扶之反证，
那边鸡鸣千里，村村通路。
归妹，毛发般的腿啊，
每天早起，在昆山的考场，
黄昏挠头，叹落日落在不同的省份。
还是坡道秋叶好，地泥凉裂好，
当兵三年以上脱俗到俗，
顾得上地平线和丝竹催促。

我给你看我置办的设备，但是第一，
给你看目测的目力，为什么盯着二马
和二骡的脱毛不放，它们风发的直觉，
只是我对炭火的直觉的折扣。
高一志厉害，他收养临汾、绛州
一带的孤儿，他培植直觉，
他的鸡母作风彰显了衣衫湿透之辈之枉然。
我总是找蛀树歇脚，卦测什么，
总想车子、箱子濒临着篝火，
排列的楼厦高危，踩着高跷，
我总想走一次黄河故道。
你闹哄哄的，吵什么，飘着也是堵塞着吗，
你来干预冰冻，把这一大堆箱子化开。
啊呀，到中午了，到下午了，渡河应召了，
商订风雅了，你枕戈，振羽，
消磨一个熟悉，又一个熟悉的。

戴着毛皮帽子就是十分介意，步后尘的，
韩公有所求，瞎掰着摇身一变的顺风而治。
他加倍慷慨造成太自私的印象，
因此而中断积蓄，失之于品藻中招，
不然不会在忌日说三道四。
就着一个馍阐发弦月
染白的一缕鬓毛，他的后院
养的一笼画眉原来是鹰。

那好，我们就此登高，看狂澜和丘土，
归妹，我们跳过瘫颠浑噩，个个称孤，
啊呀，你是一股雄壮，宗社情似的
交游的力量，你来吆喝驯畜。
我在路上眼涩，但见仓中耗子络腮的长须
磊落了的实现，
浮院的松阴旧翠，陪你
并坐返景，知眷光轮。
我们，作为我们的遗志。

相貌丑陋的南人，不许你这样子风尘，
傅山叮嘱购买的两个小老婆，
死得那样早，也不再讨一个。
昆山土产不多，但允许你精明地浪费，
还有一批反动行规等你破除，
还有未遂的、沦丧的一波挤兑。

2015，八月至九月十日于上海

十

日头掉下去了，茶社打烊，
清理桌凳和杯盘，河浜边门洞里
赖皮袖捂煎蛋饼，悻悻撤离。
风禽蛮横扑腾地标
刷新江波，颗粒和泡串，
晚归船只滑翔高低，跃穿过去，
撑近的一条一竿荡远，
大约接应另外的一行。
俩小撂下行李，斟酌本镇人脉
赤胆犹在否，再收留两宿。
若三日内无船，就步夜挪窝，
让住持放心，水镇适合流窜。
也是处境听从念头，今晚必行
成了返客叩门，才得到的落实感
给支巷里的诧异注意干净。

身份隆烈之日，代谢发生之时，
否则，睡赵孟頫的雕塑。
离开黎里和苏州，偏偏折回，
以为缉拿到了小镇春游，
买竹编，吃本镇甜甜的黄酒。
明朝就只剩下一个本能，
盘绕漩涡的窝，虾米胸大，

周转不灵，倒栽葱。
没有择时、灵机一动，
没有自决否决给定，谓之
经世的游刃，即使渔民
舍得渔网，合作捕人的清兵。
吴工挺在床下，连连梦话，
自称回光返照，一会儿，
生理期的壮丁脱了下巴。
吴工，明早拿你克扣的捐资
筹办纸钱和蜡，如果可行，
先回广富林村祭奠，不行，
还去陶庄，这个学僧爱挂念。

轿夫腿粗，泡水打着呼噜，
长夜枯熬，听清了谁家狗叫。
刚才松懈下来，姑息小桃枝下
蝶粉争遗香，他昂然起坐
顶翻棕垫，说是闻到清炖。
溜走的狼狈相障碍讲价，
他先踩后抓竿子，说是揭竿，
两个人的肢体随之抽条。
船工的獠牙免费而乖巧，解缆摇橹，
一个劲介绍不动产和风物，
有人掏义勇肚兜的锅贴，
愿望积野的腐恶快些骷髅。
吴工老实，贪图快活，这样挨骂

比起教条的宽限舒服，过去船尾
给舵手披上剥来的披风，
他俩同姓，历代帮工，
同样同情碰上的皮包骨。
特指南下神汉的无用功，
摆摊算卦的转业和业余军人。

别了，金泽侨藏的一切可能，
别了，宋桥鹄望的踢踏和装订，
后看都是模仿，何必元明，
这样围观、点头和犯困。
鱼鹰在船舷真睡而非假寐，
浮游在水表拨弄安静。
下塘街屠场旁，著名的思妇
通宵调作料，磨豆腐。
她睡柴草，淀山湖漫过来的
和白天被放生的肥鱼巨鳖，
夜游淘洗处，宵夜呢。
船滑行着拖动岸树，坊巷，
——碰过的蜿蜒的辩手，
俯出舱窗弹响指，一团发辫似的
咕咕的鹈鹕，临近像是投入。
船工歌曰，“水鬼骑着歹徒”。

直水弯航凭借着遮蔽，
刚从武塘绕道徐滩，芦苇

划开了椭圆形的水月庵。
瓜田寂寂，梁鸿归去，卧子
——瓢粒，今朝行头寸许。

衍门舞罢锡杖，言谈一二学案。
当年，进京访问徐老，何者重要，
答复是后来二种图书的编辑。
梅村狠狠赞扬同行，魏晋
勾搭梁陈，风流诗词而已，
读起来，八股文倒是写得顺挺。
壮年槁目、嗫嚅，时日无多，
年谱一番，生平蹑足，
拈轻怕重，汰除十之八九
未满四十节骨眼约有十一个。
反刍什么都玄，大悲中
尽是大遗憾，熄灯的证实。
削发者日众，地面不够扫帚，
往哪里跑掉了呢，完淳，
满世界奔竞，王沄，你去打听
赶在锁链之前，把咱小英雄
领来庵堂里，一起看上几天。
这些塔石和炉铁没有重量，
这些木器和雕饰没有焦点，
我们捐躯，我们就是我们的朝代，
我们吟咏乜视，曲尽一周墙垣。

哦呀，闲话、揉搓的疙瘩，
秉烛叹惋，秘读秘著，诵经的
绸缪之大，田歌顺风和暮钟。
务农的傲阔家风，编注
农政篇，转嫁呆呆的劳动，
沮断还属计生的系统。
必须补写头等重要的一部，
农民才是农根，他们的沉痛
必须大大超出合拍和反讽。
农家子弟闲步硬道也好，
流连西楼露冷，幽花明树眼顺，
筑门前路，追着影子讨欠薪。

圆觉寺后面的田岛是份密诏，
那个老汉网捞塘萍，盯着莲托愣着，
真当是一座岛登上，
没来由的山呼，亦乐乎。
他来诛戮淡漠，请神，驻防，殉葬，
被讨论的讨论，知错的错了，
纪实的、无序的东西都错了。
概念并未歪斜、倒下，
扶正和条理的愿情，这一回
没有注入能够填补的漏着。
吴三桂、李自成和蛮子等，
无法配给什么形容，余辈当死，
只是悉数腰折的健儿。

一个兵科给事中，镇压过
一些山贼，穷秀才和乡巴佬，
贫瘠的、毒辣的春风
又生着像闯王的闯王。
王沄考证太祖放的黄牛不是水牛，
为什么不是，地下的泥石为什么混凝，
当藤架节节绿色，耻骨为什么上顶。

芦墟的窑烟的巨大的喷嚏
驱散分湖上的啼莺，
涨水行船，宽屏上半球形的炎症
混着米浪轻飏的糠壳香，
撒着网的、供销两旺的地方，
存在的独孤虹彩，脱离的时光，
可做的做完了，拾掇上路吧。
海里来人，看准城镇摇摆甫定，
投生的行情剧跌，又暴涨，
必须鲸行陆上，撞冲这那，
他们无一像样值得顾问，
轿夫吴工的短发终于剃了。
所有的路都是回头路，易认易行，
所有的欠账都是定金，应该付清，
而今公司倒闭，单方面履行合同
享受合同的一定没有保证。

昔日的担保全部变卦

绍兴看淡的落潮
东南改到西南的路线，诺言就是诈言。
浙中赣闽的群山更换流匪
征剿的部队，没人区别反抗的山寨
是丑化着谁的环境。
他们秉承牲口的源流的原罪，
被颠倒了的没有颠倒过来，
当然，没有同被抹去。
闽粤集结的可敬、可恨阶层，
还有本事补给，签署一大批任命，
向不实际的地区空降房间和内斗，
扎七寸的位阶和段位。
当地才干训练外地的称谓和跪法。
把毕方济的星图实现，
但是，明的一切明明灭了。
所以，四体融洽与否，
百越山区播下何种遗种，
不，不是不肯背时，
而是邵阳岳丈的下属和山族，
撬一两颗犬牙没有用处。
南京一年，倒算现形了反攻，
社友图说两广，倒在松江的巷子，
晚出的晚辈英灵了。
这一只碗也是化名的，
学莘村猛犬，归华亭而善鸣。

地灵奈何时运，一经营就大赚，
宅院充满梅竹、苔藓和豪谈，
闭门挥霍，东海容量有限。
老牌的小胖子，多少烂漫，
窃喜一朝览尽，未知改行
偷换一种茫然，密集的伤口。
三十六七晚岁看来，燕山万仞爱慕
终到赤县消沉的媒约，
多事的昔日论点，落槌青春
千秋才名的插花负担。
每年八月上楼，每年柳君娉婷，
横揽烟峦的搀扶的气概。
在那个监军的前夜，山河倒悬
雾刺和光锥，情妇义勇，
丈夫轻便一纵。
白话兴起的吃重时刻，草率的
背影和冗长的奋起未见少些。

母亲不知道这个家。
她分娩的碎片，
需要圆整的院子，
一座烧香的坟墓。
村舍所在，凸凹的黑白，
樱枝憔悴耐看，脏脏的蛱蝶，
姑娘剪裁的纸裙。
细雨中的一座坟迷人，

窈娘，——斜穿扣眼的冷翠，
淅沥间絮末坠亮，温柔地缝纫，
熨平的老皱展开斗争。
别过，你狐曲机敏的懒状，
强忍着的筋斗和圆周，
两个打伞的姑娘说笑过去，
两股带动林阴的发达的电流。

别过，考功兄，稍等一会儿聚首，
车轮战和大清洗都到了尾声，
伙计们议论明日机器。
小品社团，最后乐游隋堤，
统计和屠宰量相当的版吏，
检讨宋的翘饰到明的平面
痴呆的亏耗的必然。
不中用的朋友，毕竟是朋友，
捧不起的阿斗，毕竟是阿斗，
刚刚现代的武装，我们的
出息的朋友们，无情的转身，
我们属于自我摧毁的一群。
严肃、迂谈、富有的一群，
拍手朗笑，吻名单上的同志，
昨天，死鬼提振三更，
赶着钟点辜负补订的夯料。
从此属于满员系统的节假日
原班人马耍猴子和狮子，

左手泰山金刚，右手蓝田玉石。

低端能人所败非事，他们不知
复国和杀身之不易，北风这回
刮掉的究竟什么无法扶持。
追求一起死，甚于独殉的
娘娘腔，不先生不同意，
活是白活的程度，革命挑日子
和同归于尽的同伴，被轮占的地形
被改造的码头，但之前是等待，
挑逗镇抚的三心二意，
摔打老少爷们的鬼里鬼气。
社会的隔锅香，扎堆拖欠，拖累，
装卸、跑船有的是人，
扯圈子、要把戏有的是人，
大家乐，谈不上位格和诿过。
野心都献丑了的老头和少年，我们的
接龙游戏是要出局，死了一种类人。

这一次是最后一次，都别跟着，
要像是逃命，轿夫抬着，弟子远远地随行，
感觉有编辑的清侧的耻快。
要让律韵并发的余情、壮行的遗产
和风口的扬尘一齐扑涌，
不螳臂，不辩解，不消停。
彝仲蕴酿的陈规的变体，黄宗羲

将要解释，那些全身保守的
倒退的步法，恢复的嘎嘎声
就像村井的抄袭，资一叹息。
恰恰是将计就计的警惕，
祛魅了哑口无言的福利：
未来的来者抖索利器而不是画图。

想死到死费了这么些周折，
给别人筑墓已向自己道别，
死是一件另外的事情。
活着，笑话贩夫改宗，大家都是，
又恨又爱岛链，否则没有轮船。
彼人类餍足此人类，稀罕着累赘，
殷殷络绎的落牙，断断续续的访客
绸缎包裹的攻略的纸片。

到底青壮，欣然碧透胸肌，
自由种种选其一，坚定好，
过塘桥，景兴散漫目的。
柳岸和灯下的看客，
放过踊跃、不自量力的将领，
他们仔细蛰伏烂污既久，
和死者的关系其实高贵。
至于诚恳的猜忌、绝交和中伤，
犯贱的告密、收买和勒索，
如果崇高是给污蔑的，归宿的

绝世就是栽赃，傲慢的跃姿，
就是猥琐的生意。
没人认得斗鸡台上的隐士
却又喜欢地狱的易容术，
既在天主堂里缘缢上升的回音
之后间歇的沉寂，
又在凌迟流水的龙鳞的一瞬。

2016，二月九日于上海

2018，五月至十二月于纽约、丘斯腾地儿、清迈和清莱缮订全稿